Ossip Schubin

Heil dir im Siegerkranz!

Erzählung

Ossip Schubin: Heil dir im Siegerkranz! Erzählung

Erstdruck: Braunschweig, George Westermann, 1890 mit der Widmung: »Ihrer Durchlaucht Prinzessin Heinrich XXIV. Reuß geb. Prinzessin Reuß in dankbarer Erinnerung an schöne Herbsttage in Ernstbrunn zugeeignet.«

Neuausgabe
Herausgegeben von Karl-Maria Guth
Berlin 2017

Umschlaggestaltung von Thomas Schultz-Overhage unter Verwendung des Bildes: Georges Lemmen, Julie schlafend im Sessel, 1890

Gesetzt aus der Minion Pro, 11 pt

Verlag: Henricus - Edition Deutsche Klassik GmbH
Mörchinger Str. 33, 14169 Berlin, info@henricus-verlag.de
Druck: Libri Plureos GmbH, Friedensallee 273, 22763 Hamburg

ISBN 978-3-7437-0590-6

Bibliografische Information der Deutschen Nationalbibliothek

Die Deutsche Nationalbibliothek verzeichnet diese Publikation in der Deutschen Nationalbibliografie; detaillierte bibliografische Daten sind im Internet über www.dnb.de abrufbar.

Erstes Buch

Sie war eine alte Jungfer, das heißt eine überzählige Kreatur in der Schöpfung, ein Gegenstand des Mitleids für reife – ein Gegenstand des Gespöttes für unreife Männer, für viele von Familiensorgen überbürdete, sich zwischen unharmonischen ehelichen Zuständen hinschleppende Frauen ein Gegenstand des Neides und Anlaß zu dem Ausruf:»Ach, wer's nur auch so bequem haben könnte auf der Welt!«

Nebenbei war sie eine allgemein beliebte Persönlichkeit. Kaum ein Tag verging, an welchem, mochte sie sich auch wo immer befinden, die Post ihr nicht einen Brief gebracht hätte, welcher die Worte enthielt:»Wann können wir dich erwarten, wann kommst du zu uns?« – worauf sie fast jedesmal dieselbe Antwort zurückschrieb:»Ich freu mich sehr, daß ihr mich wollt, ich werde trachten es mir einzuteilen, aber vorläufig ...« und dann folgte ohne jedwede Prahlerei, nur als bescheidene Begründung ihres Ablehnens, eine lange Liste von Besuchsverpflichtungen, welche sie bereits auf sich genommen und welchen sie nachkommen mußte, ehe sie einer neuen Einladung folgen durfte.

Kritischere und gescheitere Menschen als sie zerbrachen sich bisweilen den Kopf über den Grund ihrer beständigen Umworbenheit und über das Wesen, welches man mit ihr trieb. Vermögen hatte sie nur gerade, was sie brauchte, um niemand zur Last fallen zu müssen – für eine österreichische Oberstentochter war das zwar sehr viel, aber um auch den mißtrauischsten unter ihren Bekannten auf den Gedanken zu bringen, die große Freundlichkeit, welche ihr bewiesen wurde, irgend einer Hab- oder Erbschaftsgier beizumessen, war es lange nicht genug. In der Wirtschaft war sie ein wenig umständlich, Whist spielte sie nicht besser als der Durchschnitt unverheirateter Damen. Eigentlich verstand sie sich nur auf zwei Dinge wirklich gut, und zwar darauf: Kranke zu pflegen und Tanzmusik zu spielen; aber ersteres hatten die wenigsten Menschen zu erproben die Gelegenheit gehabt, und letzteres versteht sich eigentlich bei einer Persönlichkeit ihrer Art, die geboren ist eine Begleitung zu der Fröhlichkeit der anderen zu trommeln, von selbst.

Ihre allgemeine Beliebtheit hatte einen anderen Grund. Man hatte sie lieb, weil sie keinen Neid kannte, nicht den Schatten davon! Das sagten ihr alle ihre jungen Vertrauten, deren Glücksgeständnissen sie stets dieselbe gerührte Teilnahme entgegenbrachte, und küßten sie dafür.

Das sagten ihr ebensogut die älteren unter ihren Bekannten und bewunderten sie dafür. Sie lächelte abwehrend zu dieser Bewunderung und erwiderte immer dasselbe:

»Ich begreife euch nicht, es ist ja kein Verdienst dabei!«

Wenn man aber fragte: »Wieso kein Verdienst?« da behielt sie die Antwort für sich.

Sie kannte keinen Neid, weil ihr jedes echte große Menschenglück Mitleid einflößte, weil sie hinter jedem übermütig zum Himmel aufjauchzenden Menschenkind, hinter jedem, dessen irdische Seligkeit die von der Vorsehung gesetzten Mittelmäßigkeitsgrenzen überstieg, und das des Beneidens wert gewesen wäre, das Unglück lauern sah, seine Zeit abwartend, kalt, ruhig und siegessicher!

Das Herz zog sich ihr jedesmal im Leibe zusammen, wenn sie einen Menschen es aussprechen hörte: »Ich bin glücklich!« Sie dachte dann sofort an alles mögliche, an allerhand knapp neben ihr zerschmetterte, für immer vernichtete Glückseligkeit, am häufigsten aber an das Schicksal ihrer kleinen Lieblingscousine Kitty.

* * *

Die Geschichte datierte schon ziemlich weit zurück, so weit, daß sie die meisten, welche sie mit erlebt, nicht mehr genau wußten. Aber Anna Marie pflegte ihre Erinnerungen wie ihre Gräber, letztere vergrasten und erstere verblaßten bei ihr nie!

* * *

Im Frühling 1870 war's. Anna Marie trug gerade Trauer für einen alten Onkel, den sie fünf Jahre lang Tag und Nacht gepflegt und der ihr zum Lohn für ihre Aufopferung das schön eingelegte Tricktrackspiel vermacht hatte, über dessen grünes Tuch sie alle Abend geduldig mit ihm die Würfel hingerollt. Dieses schäbige Legat hatte alle Welt in Verwunderung gesetzt, nur nicht Anna Marie. Anna fand es rührend und weinte dem Onkel aufrichtige Tränen nach. Sie befand sich damals in Pest, wo der geizige Tricktrackonkel – er hieß Graf Silvaschy und gehörte zur besten ungarischen Aristokratie – gestorben war, als sie einen Brief von einem anderen Onkel erhielt, von einem bürgerlichen diesmal, einem Bleistiftfabrikanten, welcher mit der bereits seit Jahren verstorbenen Tante Anna Maries verheiratet gewesen war und sich jetzt nach Abwickelung seiner ziemlich matten Geschäfte in das Privatleben zurückgezogen hatte, und zwar in ein Städtchen unweit von Hanau – Lindenbergen hieß es und stand mitten in der fetten, von ergiebigen Rübenfeldern und mächtigen Obstbaumalleen reich gesegneten Wetterau.

Herr Wißmuth, so hieß der Bleistiftonkel, brauchte, wie er es unumwunden erklärte, Anna Marie notwendig. Seine älteste Tochter Bertha hatte sich bereits vor zwei Jahren verheiratet, und Kitty, die zweite, war aus der Pension heimgekehrt. Sie war noch zu jung, um ohne ältere weibliche Stütze im Hause zu bleiben. Herr Wißmuth ersuchte nun Anna Marie, für einige Zeit zu ihm zu ziehen. »Es wird vielleicht nicht allzu lang dauern, bis sich die Verhältnisse konsolidiert haben, dann kann ich dich freigeben«, schloß er sein Schreiben. Er sprach von Anna Marie gerade, als ob sie ein nützliches Möbel gewesen wäre, auf das er ein Recht hatte Beschlag zu legen. Das aber war Anna Marie gewohnt. Es fiel ihr nicht weiter auf; was ihr aber auffiel, das waren die Worte: »Es wird nicht lange dauern, bis sich die Verhältnisse konsolidiert haben.« Was meinte er wohl damit? Wollte er ein zweites Mal heiraten, oder schwebte etwas in der Luft für Kitty?

Sie war noch nicht mit sich einig geworden darüber, und auch nicht darüber, ob sie der in einigermaßen zum Widerspruch reizendem, befehlendem Ton gehaltenen »Einmahnung« des Herrn Wißmuth Folge leisten sollte, oder der viel liebenswürdiger ausgedrückten Einladung einer Cousine in Wien, als der Postbote ihr einen zweiten Brief brachte, einen Brief, den Anna Marie sofort als von ihrer Cousine Kitty herrührend erkannte und infolgedessen hastig erbrach. Er lautete:

Liebe, liebe Anna Marie!
Bitte, bitte, bitte, komm. Ich freu mich so schrecklich auf dich und brauche dich so. Wenn du nicht kommst, so bin ich unglücklich, und ich habe gar keine Lust, unglücklich zu sein, gerade jetzt nicht. Das Leben ist so schön! Ich bitte dich, komm. Ich küsse dich zweitausendmal und bleibe, dich bestimmt erwartend,

deine Cousine Kitty.

»Arme kleine Kitty«, murmelte Anna Marie, nachdem sie das Zettelchen durchgelesen, und plötzlich überkam sie jene mit Angst vermischte Rührung, welche sie jedesmal beschlich, wenn ein Menschenkind das Leben besonders schön finden wollte. »Mir scheint in der Tat, daß da die Verhältnisse Lust haben sich zu konsolidieren, aber – vielleicht in anderer Richtung, als mein Onkel Wißmuth sich's denkt. Wenn mich nicht alles irrt, so braucht die Kleine einen Bundesgenossen. Nun, wir müssen doch erst sehen, um wen sich's handelt.« Damit aber stand es in Anna Marie fest, daß Kitty momentan nicht sich selbst überlassen bleiben dürfe, weshalb sie sich entschloß, die Einladung Herrn Wißmuths anzunehmen, und sofort an die Cousine in Wien eine Absage sandte. Die Cousine in Wien hatte sie zwar aufgefordert, mit ihr eine Reise an die oberitalienischen Seen zu machen, welche kennen zu lernen schon lange zu Anna Maries Lieblingswünschen zählte. Aber das war Nebensache.

* * *

Kitty war immer Anna Maries besonderer Liebling gewesen, schon wie sie noch ein dickes, schwersprechendes Baby war. Das Ziel, welches sie sich gesteckt, als sie sich zum erstenmal selbständig auf die zarten Füßchen aufgestellt und mit weit ausgestreckten Händchen und kleinen, so zu sagen stammelnden Tritten über das Zimmer gewankt, das war Anna Marie gewesen – an Annas Knie hatte sie ihre kleinen Ellenbogen aufgestützt, als sie endlich atemlos und triumphierend ihre Wanderung beschloß.

Anna sah sie noch genau vor sich in dem gehäkelten weißen Kleidchen, das sie ihr selber fabriziert, und das Hals und Ärmchen frei ließ – was für einen Hals und was für Ärmchen! und dazu ein Gesichtchen! das reizendste Gesichtchen, das man sich ausdenken konnte, weiß, zart wie eine frisch entfaltete Frühlingsblüte und mit großen leuchtenden Augen drin.

Seit jenem Tag, wo das dicke Baby seine winzigen Ellenbogen so vertrauensvoll auf das Knie seiner Cousine gestützt, hatte eine Art Schutz- und Trutzbündnis bestanden zwischen der großen Anna und der kleinen Kitty, ein Bündnis, das trotz vielfacher Trennung der Alliierten weiter geführt worden war bis auf den heutigen Tag.

»Wie sich die Kleine nur herausgewachsen haben mag?« fragte sich Anna Marie, indem sie etwas vor Hanau ihr Handgepäck zusammenrückte und ihren Anzug zurechtschob. Sie war ohne Unterbrechung, außer mehrfachen Übersteigens, von Pest nach Hanau gefahren, dennoch sah sie weder besonders schmutzig noch besonders müde aus. Sie hatte die gerade Haltung und frische Hautfarbe, das heißt die prachtvolle Gesundheit einer geborenen Krankenpflegerin. Sie war noch immer eine schöne Person, obgleich ihre grauen Schläfen und vollen Schultern die Vierzigerin verrieten. Ihre Züge waren regelmäßig, die Gestalt stattlich, wenn auch etwas zu stark, die Hände sehr zart. Sie trug einen grauen Staubmantel und einen glockenförmigen schwarzen Hut, den sie der Bequemlichkeit halber abgelegt hatte und jetzt aus dem Netz herunterlangte, um ihn auf ihr tadellos geglättetes Haar zu setzen.

»Wie sie sich nur herausgewachsen haben mag?« fragte sie sich, indem sie an das Fenster des Coupés herantrat. Das letzte Mal hatte sie Kitty als hochaufgeschossenes, fünfzehnjähriges Mädchen in einem Dresdener Pensionat gesehen, sehr mager, mit sehr langen Armen und Beinen und fast ohne Körper, noch immer hübsch, aber offenbar in einem schwankenden Übergangsstadium, in dem man nicht recht wußte, welchen Weg ihre weitere Entwickelung einschlagen würde, den der Schönheit oder den der erträglichen Mittelmäßigkeit. Da hielt der Zug. Nicht ohne kleine Umständlichkeiten verließ Anna Marie von Hohleisen das Coupé.

Das kleine Häuflein Handgepäck neben sich, auf dem sandigen Bahndamm stehend, hielt sie ihr Lorgnon an die Augen und sah sich nach zwei Sachen um: nach einem Träger, und ob ihr jemand entgegengekommen war.

Ehe sie sich noch darüber klar geworden, rief ihr ein Stimmchen, das tief und weich wie das einer Amsel klang, entgegen: »Anna, Anna!« und zwei warme, junge Arme schlangen sich um ihren Hals.

Das war Kitty!

Nachdem Anna sie recht herzlich abgeküßt, schob sie sie etwas weiter von sich, um sie genauer zu betrachten, und lächelte zufrieden. Kitty war keine Schönheit, aber noch weniger hätte man sie ihrem Äußeren nach unter die erträglichen Mittelmäßigkeiten zählen können. Sie war ganz einfach reizend, entzückend, unbeschreiblich. Weiß der liebe Himmel, wie sie's angefangen, aber sie hatte jetzt wieder ihr altes

Babygesicht, nur etwas größer und mit schmäleren Bäckchen, in allem Übrigen genau, die großen Augen, das Lächeln, die Grübchen, ja selbst die blumenfrische Hautfarbe, alles das war da; nur war der Blick in den Augen tiefer, und mitten zwischen die mutwilligen Grübchen hinein spielte ein Ausdruck gerührter Zärtlichkeit.

Kein Zweifel, die Zustände hatten eine Neigung sich zu konsolidieren, dachte Anna Marie.

Um weniges später war das Handgepäck zum drittenmal gezählt, die große Bagage ausgelöst und die beiden Damen saßen in dem Mietwagen, mit dem Kitty der Freundin entgegengekommen war, und fuhren an schönen, im ersten zartgrünen Frühlingsschimmer prangenden Gartenanlagen ihrem Ziel entgegen.

Der Weg von Hanau nach Lindenbergen ist reich an landschaftlichen Schönheiten. Man fährt an dem verlassenen Rokokoschloß eines längst verschollenen Duodez-Souveräns vorbei, an von schattigen Gärten umflossenen anderen weniger vornehmen, aber beinah ebenso stimmungsvollen Landhäusern, an glatten Teichen, in denen sich mächtige Bäume spiegeln, durch hochstämmige Lindenalleen, durch einen ernsten Fichtenwald – kurz durch allerhand was das Auge erfreut.

Die beiden Damen zeigten sich diesen Schönheiten gegenüber ungnädig – sie hatten keine Zeit, sich damit zu befassen.

Eine Weile saßen sie stumm nebeneinander und blickten sich nur ab und zu lächelnd an. Endlich begann Anna: »Und nun, du Schalk, erzähle mir doch, zu was du mich jetzt, gerade jetzt so notwendig brauchst?«

»Ich dich?« Kitty machte große Augen, als ob sie nicht verstände, nein nicht im mindesten verstände.

»Du hast mir ja doch geschrieben«, drang Anna in sie.

»Ach! ... ja richtig – das war nur so Gerede – ich wollte dich durchaus herbekommen«, schwatzte Kitty, und als ihr Anna noch einmal, noch ernster in das entzückende Gesichtchen sah, da wurde sie plötzlich rot – dunkelrot. Aber anstatt eine deutliche Antwort zu geben, rieb sie ihre weiche Wange nur einschmeichelnd an der vollen Schulter der Freundin und murmelte einmal um das andere: »Du gute Anna, du liebe alte Anna, ich freue mich so, daß du da bist!« Und plötzlich sich weit über den Wagenschlag hinausbeugend, rief sie: »Ein Reh – dort – hast du's gesehen?«

Nein, es war nichts aus ihr herauszubringen. Sie wurde nur beständig rot und sah glücklich aus, und Anna Hohleisen seufzte.

* * *

Die landschaftlichen Schönheiten waren vorüber, zum wenigsten hatten sie ihren romantischen Charakter verloren. Was davon übrig blieb, war idyllischer Natur. Der Wagen fuhr jetzt durch eine Allee von krummstämmigen Apfelbäumen mit blütenbeladenen Ästen, die sich weit über die Straße hinstreckten. Die Sonne schien hell in die Blüten hinein, und zwischen den weißrosigen Zweigen sah man in den leuchtenden blauen Himmel hinauf, in dem sich ein paar Schwalben undeutlich wie rasch hinschwirrende schwarze Punkte tummelten; eine jede sah aus, als ob sie wenigstens sechs Flügel habe.

Rechts und links zogen sich saftig grüne Getreidefelder hin.

Der Frühlingsatem stieg wie ein berauschender Weihrauch zum Himmel, aus dem grünen Getreide rang er sich empor, aus den schwellenden Baumrinden, zwischen welchen hier und dort ein großer, durchsichtiger Tropfen gelben Harzes hervorquoll, aus den noch unentwickelten grünen Blättchen, aus den Apfelblüten, aus der Erde, ja selbst aus dem gärenden Wasser in den Gräben.

Der Wagen bog in einen Flecken ein. Mit Vergnügen ruhten die Augen der Österreicherin auf diesem anheimelnden deutschen Nest – auf den hochgiebeligen Häusern mit vorspringendem Oberstockwerk, mit grauen Balken in den Wänden und Blumentöpfen in den Fenstern. Klip klap ... rollte der Wagen über das unebene, aus großen flachen, willkürlich aneinander gefügten Steinen bestehende Pflaster.

Am äußersten Rande des Fleckens, in seltsamem Widerspruch zu dem bescheidenen Kleinleben, erhob sich hinter einem rostigen Eisengitter mit allerhand wilden Fratzen in seinen Schnörkeln ein großes Gebäude mit einem Mansardendach und Barockverzierungen, das Anna Maries Aufmerksamkeit fesselte.

Der Kutscher verlangsamte das Tempo. Offenbar stimmte sein Geschmack mit dem Wohlgefallen der Österreicherin überein, auch in seinen Augen war das Haus ein interessantes, eingehender Betrachtung durchaus würdiges Objekt.

»Schloß Ulmenhof«, bemerkte er mit Würde, indem er sich nach den beiden Damen umwendete.

»Wie heißt der Besitzer?« fragte Anna Marie.

»Förster«, erwiderte Kitty.

»Ach so, Förster«, murmelte Fräulein Anna.

»Du wunderst dich«, meinte etwas boshaft lächelnd Kitty, »findest offenbar, daß der Name schlecht zu dem alten Herrensitz paßt. Das ist richtig. 's ist auch für keinen Namens Förster erbaut worden. 's ist ein trauriges Haus, es hat in den letzten fünfzehn Jahren beständig den Besitzer gewechselt, jedem neuen Besitzer ist was drin zugestoßen. Der eine hat aus Zufall seinen eigenen Sohn erschossen, der andere hat sich selbst den Hals gebrochen. 's ist wie ein Pferd, das keinen anderen Reiter auf sich duldet als seinen ersten Herrn, alle anderen wirft es ab!«

»Dann wundere ich mich eigentlich, daß dieser Herr Förster den Mut hatte, es zu erwerben«, bemerkte Anna Marie nachdenklich.

»O, Herr Förster kennt keine Vorurteile – darüber ist er hinaus. Er gehört zu den Liberalen«, sagte Kitty, indem sie ihre feinen Mundwinkel mißbilligend herabzog.

»Steht ihr im Verkehr?«

»Ja!«

»Und ist er nett?« fragte Fräulein Anna, indem sie versuchte, dem jungen Mädchen in die Augen zu sehen.

»Papa findet's«, erwiderte Kitty, die Brauen zusammenschiebend, trotzig.

Anna Marie wußte jetzt genau die Hälfte von dem, was sie wissen wollte.

Das ominöse Haus, das sich mit seinen Besitzern nicht vertrug, war längst außer Sicht, wieder rechts und links nichts als grüne Saatfelder, die man zwischen den grauen Baumstämmen schimmern sah, die zarten Halme unermüdlich im leisen Atem des Frühlings erschauernd, zitternd, sonnendurchleuchtet und kleine winzige Schatten werfend, die ganzen Felder wie mit Goldsand bestreut, in den sich ein dunkler Staub hineinmischte, und über der Straße rosig weiße Blüten, zwischen denen man den Himmel sah.

Plötzlich war's Anna, als durchliefe das junge Mädchen neben ihr derselbe süße Schauer, der das junge Getreide durchbebte. Sie sah auf.

Ein Reiter trabte die Straße entlang, ein schöner, blonder, junger Offizier war's, dem die Uniform gut saß. Er legte die Hand an die

Mütze. Kitty wurde unruhig, der Reiter parierte sein Pferd. »Halten Sie einen Augenblick«, rief Kitty dem Kutscher zu.

»Erlaube, daß ich dir Herrn von Altenried vorstelle«, rief Kitty verlegen und altklug zugleich. »Meine Cousine Fräulein von Hohleisen. Waren Sie bei uns, Herr von Altenried?«

»Ja, gnädiges Fräulein; da ich niemand getroffen, kehrte ich um. Ich habe mir erlaubt, Ihnen das Buch zu bringen, das Sie wünschten.«

»O ich danke – und wie geht es Ihrer Tante?«

»Recht gut ...« Das inhaltreiche Gespräch kam ins Stocken. Der Kutscher sah sich um – sollte er zufahren? Baron von Altenried legte die Hand an die Mütze.

»Werden Sie ... werden ...« begann Kitty stotternd und hastig.

»Gnädiges Fräulein ...!«

»Werden Sie morgen in Ulmenhof sein?«

»Darf ich fragen, ob Sie dort sein werden, gnädiges Fräulein?« erkundigte sich der junge Offizier, und dabei spielte ein Lächeln um seine frischen Lippen.

»Ja – glauben Sie denn, daß mir's der Papa erspart?« erwiderte Kitty mit komischer Verzweiflungsmiene.

Der Kutscher pendelte indessen leise mit seiner Peitsche auf und nieder, man sah's seinem breiten Rücken, ja selbst seinen roten Ohren an, wie verständnisvoll er die beiden jungen Leute beobachtete.

»Ich wollte eigentlich nicht kommen«, erwiderte Herr von Altenried, »aber ...« Das Lächeln um seinen Mund trat stärker hervor, der Ausdruck seiner Augen wurde ungewöhnlich innig, fast schwärmerisch.

»Fahren Sie zu, Kutscher«, rief Kitty, indem sie plötzlich eine würdige Miene annahm und sich mit einem herablassenden Kopfnicken verabschiedete.

»Ein netter Bursch«, bemerkte Fräulein von Hohleisen, indem sie ihm, sich aus dem zurückgeschlagenen Wagen herausbeugend, mit der Unbefangenheit ihrer grauen Haare, nachsah – »wie gut er zu Pferde sitzt – und er trägt doch die Infanteristenuniform.«

»Ja«, erwiderte Kitty, »es freut ihn nicht sehr, daß er bei der Infanterie dienen muß – aber er kann sich nicht helfen. Ich glaube, er ist sehr arm«, und Kitty seufzte.

»Nun, weißt du, liebe Kitty, gar so tragisch ist es schließlich nicht, bei der Infanterie dienen zu müssen«, entgegnete Fräulein von Hohleisen vernünftig. Ihr Vater war Oberst eines Ulanenregiments gewesen, infolgedessen hielt sie darauf, ihre Unparteilichkeit zu beweisen.

»Das sagt er selbst«, erwiderte Kitty lebhaft, »er findet es eher komisch. Er findet alles komisch, was ihm unangenehm ist. Er ist einer von denen, die immer über ihre Miseren lachen. Aber mag er darüber lachen oder nicht, es ist doch traurig, wenn man bedenkt, daß er eigentlich heute in Ulmenhof seine Heimat haben sollte. Vor fünfzehn Jahren war der Besitz noch in den Händen seines Vaters.«

»Das ist wirklich traurig«, gestand Anna Marie zu.

Kitty schwieg und sah bekümmert und zärtlich vor sich hin.

Nach einem Weilchen begann Anna Marie von neuem: »Findet *den* dein Vater auch nett?«

»Ob er Herrn von Altenried nett findet, meinst du?« fragte Kitty wie aus einem Traum heraus.

Anna Marie nickte.

»Ich weiß nicht, ich habe ihn nie danach gefragt«, sagte Kitty und zuckte die Achseln.

»Und findest *du* ihn nett?« fragte Anna Marie humoristisch.

Kitty runzelte die Stirn, fast schien's, als ob sie Anna die Antwort schuldig bleiben wolle. Mit einemmal warf sie das Köpfchen zurück, und Anna Marie aus großen, von Entschlossenheit und Tränen glänzenden Augen anblickend, rief sie: »Nun ja ... ich finde ihn nett, sehr nett – und er ist's auch – da hast du's.«

Anna Marie wußte jetzt genau, was sie wissen wollte.

Um weniges später hatte der Wagen Lindenbergen erreicht und hielt vor einem langen, schmalen Gebäude mit einem Mansardendach, wie das von Schloß Ulmenhof, aber ohne feudale Embleme und mit einem Kreuz über dem großen, angebröckelten Torbogen, ein ernstes und stimmungsvolles Haus, das ehemals ein Kloster gewesen und dessen im übrigen sehr einfache Fassade leider durch eine Reihe von gotischen Spitzbogenfenstern, welche ein anspruchsvoller architektonischer Pfuscher in die Wand hatte einsetzen lassen, verunstaltet war. Solche Spitzbogen! Graugemalte Holzrahmen, ganz unorganisch in die alten Fensterlöcher hineingefügt und die leeren Ecken oben ein wenig ausgemauert.

Herr Wißmuth stand am Fuß der Treppe in der Einfahrt und hieß Anna Marie willkommen. »Seid ihr dem Altenried nicht begegnet?« wendete er sich an sein Töchterchen, nachdem er Anna Marie auf beide Wangen geküßt und sich galant ihres kleinsten Handgepäckstücks bemächtigte, um es selbst in ihr Logis hinaufzutragen.

»Ja«, erwiderte Kitty mit anerkennenswerter Gleichgültigkeit, »er sagte, daß er sich bei uns aufgehalten, doch habe er niemand zu Hause getroffen.«

»Niemand zu Hause getroffen?« rief Herr Wißmuth, die Brauen bis in die Mitte seiner übrigens ziemlich niedrigen Stirn hinaufschiebend. »Der gute Mann muß etwas dämlich sein im Kopf. Er ist ja eine halbe Stunde mit mir im Garten spazieren gegangen, dort bei den Pfirsichspalieren.«

»Wirklich, Papa?« bemerkte Kitty staunend und entsetzt – heimlich mutete sie die Sache eher humoristisch an, aber das brauchte der Papa nicht zu wissen.

»Ja, so wahr ich hier stehe!« versicherte Herr Wißmuth – »es ist offenbar nicht richtig mit ihm. In unseren alten Adelsfamilien kommt das häufig vor. Sehr alte Familie, die Altenrieds, ausgezeichnete Familie!« Diese Worte sprach Herr Wißmuth zu seiner Cousine, augenscheinlich in der Überzeugung, daß die Mitteilung sie besonders interessieren müsse, »aber sie haben nichts«, setzte er schadenfroh grinsend hinzu.

Sie hatten jetzt einen mit roten Ziegeln gepflasterten Gang, der das Haus in zwei Hälften teilte, erreicht, und Herr Wißmuth stellte die kleine Reisetasche Annas auf einen Strohsessel hin, wobei er aufächzte, als habe er soeben ein großes Unternehmen zu Ende geführt. Bis in das Gemach, welches er seiner jungfräulichen Anverwandten als Wohnung bestimmt hatte, vorzudringen, erschien ihm nicht passend.

* * *

Herr Wißmuth ist holländischer Abstammung, was er mit prahlerischer Vorliebe immer wieder erzählt und was im übrigen sein Äußeres deutlich verrät. Er ist ein Mann von mittleren Jahren und mittlerer Größe, mit kurzen, dicken Gliedern, kurzen Händen, kurzen Fingern und einem kreisrunden Gesicht, das bis auf den unternehmend aufgesträubten kleinen Schnurrbart glatt rasiert ist und aus dem zwei schmale, auffallend kleine Augen lebenslustig in die Welt hineinfunkeln.

Sein stark gekraustes rötliches Haar ist an der Seite gescheitelt und über der Stirn in ein mächtiges Toupet aufgekämmt. Man sieht es ihm sofort an, daß er zu denjenigen gehört, die mit sich selbst stets zufrieden sind und über die ihre Umgebung sich häufig ärgert.

Er ist nicht gerade dumm, sondern nur verwirrt im Kopfe, phlegmatisch, aber mit beständig aus seinem Phlegma aufsprühenden, fingerlangen Begeisterungen, von denen nie eine stark genug ist, seinen fetten und schweren Körper in die Höhe zu ziehen. Dazu noch gründlich faul, wo es sich um eine ernste und nutzbringende Tätigkeit handelt, hingegen freilich von einer gemeinschädlichen Betriebsamkeit in allerhand nebensächlichen Dingen, wie Veranstaltung schlechter musikalischer Produktionen, Marken sammeln, Altertümer aufstöbern, Inserate in Zeitungen einsenden behufs Abschaffung öffentlicher Übelstände, Verfassen von anonymen Briefen und massenhaftem Klavierspiel.

Nach all dem wird es niemand wunder nehmen, daß er es auf der Welt zu nichts gebracht als zum Bürgermeister von Lindenbergen, ein Ehrenamt, in dem er sich sehr wichtig vorkommt und das ihm Geld kostet.

Am allerschlechtesten ist's ihm mit der Bleistiftfabrikation geglückt, welche ihn auch bis an den Rand des finanziellen Abgrundes gebracht hat. Den verhältnismäßigen Wohlstand, in welchem er sich momentan befindet, hat er einer alten Anverwandten zu verdanken, welche ihm ein ansehnliches Vermögen unter der Bedingung vermacht hat, er möge sich für immer von seinem Geschäft zurückziehen.

Er ist ein unerquicklicher Familienvater und ein ermüdender Hausherr. Beides hat Anna Marie seit dem gestrigen Tage bereits genugsam zu konstatieren Gelegenheit gehabt. Seit gestern hat sie im ganzen ungefähr sechs Stunden vierhändig mit ihm spielen müssen, und selbst jetzt, wo – am Frühnachmittag nach ihrer Ankunft ist's – bereits alles so zu sagen mit einem Fuß in der Luft steht, um dem Fest entgegen zu eilen, welches Herr Förster behufs Einweihung von Ulmenhof veranstaltet, hat er die geduldige Österreicherin noch an seinen Lieblingsflügel, einen zugleich weich ansprechenden und sonoren Bechstein, festgenagelt, um »in aller Eile« ein letztes Mal die neunte Symphonie von Beethoven mit ihr zu spielen.

Da sie bereits Toilette gemacht hat und ihr kreppbesetztes schwarzes Paradekleid – sie trägt noch immer Trauer für den Tricktrackonkel

– ihr etwas zu eng in den Ärmeln ist, so findet sie momentan diesen musikalischen Frondienst recht unbequem. Herrn Wißmuth ist das höchst gleichgültig.

Er spielt natürlich den Baß, weil er da mit großer Ungeniertheit falsch darauf lostrommeln kann. Wenn es irgendwie nicht klappt, so ist Anna Marie daran schuld, *er* rast darauf los, ob sie mitkommt oder nicht, und kräht, während sie verzweifelnd die Hände in den Schoß legt, mit beständig ins Falsett umschnappender dünner Tenorstimme den Violinpart zu seinem Accompagnement.

»Es wird schon gehen mit der Zeit, aber du findest dich noch nicht in meine Auffassung hinein«, sagt er regelmäßig, wenn er endlich stehen bleibt, um sie mitzunehmen. »Eins, zwei, drei ...« und dabei wandern seine kurzen Finger, die Takte zählend, über die Noten hin.

Nachdem er vergeblich einen bequemen *starting point* gesucht, sagt er ruhig: »Das Beste ist, wir fangen von vorn an.«

Arme Anna Marie!

Inmitten seines energischen Gehämmers zieht er die Hände vom Klavier und sagt: »War das nicht ein Wagen?« Damit springt er an das Fenster und lehnt seinen fetten, schwammigen Oberkörper spähend auf die weltvergessene Straße hinaus.

Er sieht allerhand Anheimelndes, was ihn nicht interessiert: eine Reihe altväterischer Giebelhäuser, eine braune Mauer, über die eine Wirrnis von blühenden Frühlingsbäumen hinüberragt, einen Ziehbrunnen gerade in dem Winkel zwischen der braunen Mauer und einem vorspringenden Haus, eine Magd mit breitem, rotem, stumpfem und gutmütigem Gesicht, barhaupt mit im Genick aufgestecktem dünnem Zopf, die, die nackten Arme auf den Eimer gelehnt, einem Burschen nachblickt, der, ein Veilchenbüschel hinterm Ohr, trotzig an ihr vorübergeht, ohne ihren Blick zu erwidern – alles das sieht er; das aber, wonach er ausspäht, das sieht er nicht.

Unzufrieden brummend kehrt er zu dem Flügel zurück.

Da tritt Kitty in das Klavierzimmer herein, sehr hübsch, mit sehr roten Wangen und der etwas feierlichen Befangenheit, welche einem ganz jungen Mädchen das Bewußtsein verleiht, ein neues Kleid anzuhaben, das ihm besonders gut steht. Es ist aber auch ein wunderschönes Kleid, weiß vom Saum bis zum Hals hinauf, auch die Schärpe ist weiß, und Kitty sieht entzückend darin aus. Sie ist davon überzeugt, kann es aber nicht erwarten, daß ihr's jemand bestätigt.

»Sind Hildegard Mühlhausen und Emma Becker noch nicht gekommen?« fragt sie so obenhin, nur um zu beweisen, daß sie gewiß nicht hereingekommen ist, um sich loben zu lassen.

»Nein, ich begreife nicht«, sagt Herr Wißmuth, »ich habe ihnen so streng eingeschärft, pünktlich zu sein. Anna Marie kann ihren Part der Jubelkantate zwar, aber eine Ensembleprobe ist doch nötig!«

Herr Wißmuth hat nämlich zu der festlichen Gelegenheit ein kleines Quartett komponiert, das er mit dem klangvollen Titel »Jubelkantate« bezeichnet.

»Ich begreife die beiden nicht!« sagt Herr Wißmuth, noch immer aus dem Fenster spähend. »Ach, endlich, da sind sie!« ruft er, »endlich!« und eilt ihnen entgegen.

Indes hebt Anna Marie ihr Lorgnon an ihre schönen, etwas hervorstehenden grauen Augen und betrachtet Kitty.

»Allerliebst siehst du aus«, ruft sie, »charmant, zum Fressen herzig!«

Die Worte, welche bei der Österreicherin den höchsten Ausdruck der Bewunderung ausmachen, erfüllen Kitty mit Stolz. Sie eilt auf Anna zu, um sich abküssen und streicheln zu lassen, wozu sie eine große Neigung hat. Anna aber wehrt sie ab. »Um Gottes willen bleib, wo du bist, ich mach dich ja ganz schwarz – so ein Trauerrab wie ich und ein Schneeglöckerl wie du, das paßt nicht zusammen« – dabei streichelt sie, sich behutsam von der weißen Pracht der Kleinen fernhaltend, Kittys Wangen und flüstert ihr ins Ohr: »Hast du dich für Herrn Förster so schön gemacht?«

Herr Wißmuth reißt die Tür auf, glückstrahlend und mit dem Ausruf: »Da bring ich meine jungen Damen!« worauf zwei weibliche Wesen mit ihm in das Musikzimmer treten.

Die Jugend der beiden ist von verschiedener Beschaffenheit. Emma Becker steht im selben Alter wie Kitty, und Hildegard von Mühlhausen in dem von Anna Marie.

Über Emma Becker gibt's nicht viel zu sagen, als daß sie eine Pensionatsfreundin Kittys ist, eine Frankfurterin, Waise, von rheinländischen Eltern abstammend, klug und gesetzt über ihr Alter hinaus, lebenslustig, etwas schwerfällig, etwas anspruchsvoll, mit beiden Augen nach einer guten Partie ausspähend, und ohne ein Fünkchen Poesie im Leib, nicht reich – aber mit allen Gewohnheiten einer reichen Person behaftet, weshalb sie beständig darauf angewiesen ist, von einem ihrer sehr vermögenden Verwandten zum anderen zu reisen und ihre ganze Rente auf die Begleichung ihrer Schneiderrechnung zu verwenden.

Hildegard von Mühlhausens Charakteristik ist weniger leicht abzufertigen. Sie ist der letzte verarmte und verkümmerte Sproß eines alten Adelsgeschlechts. Ihre Mutter war in ihrer Jugend Hofdame und ihr Vater in seinem hohen Alter General, ihr Bruder war ein Taugenichts, hat sein und ihr kleines Vermögen verschlemmt und ist in Amerika elend zu Grunde gegangen. Gegen Hildegard ist nie etwas einzuwenden gewesen, jeder, der je mit ihr in Verkehr gestanden, versichert, »sie sei ein durch und durch nobles Wesen«. Keiner hat diesen Verkehr bis zu einem vertraulichen, freundschaftlichen Grad fortzusetzen gesucht, denn der Verkehr ist unerquicklich, wie der mit allen Menschen, die das Leben von einem allzu erhabenen Standpunkt aus betrachten und den anderen beständig ihre hohe Vollkommenheit unter die Nase reiben.

Hildegard von Mühlhausen leidet im höchsten Maße an Erhabenheit; sie ist ebenso neidlos wie Anna Marie – aus Erhabenheit, weil ihr gar nichts zu beneiden würdig dünkt, seitdem ihr das Schicksal das höchste Glück versagt, das es zu vergeben hat – das nämlich, als *Mann* auf die Welt gekommen zu sein. Sie ist fest überzeugt davon, daß ihre Seele eigentlich bestimmt war, in einem männlichen Körper zu wohnen, und daß, wenn sie ein Mann gewesen wäre, sie es wenigstens bis zu einem Napoleon oder Bismarck gebracht hätte. Neben dem Unglück, durch ihre Weiblichkeit verhindert worden zu sein, dies hohe Ziel zu erreichen, erscheinen ihr alle die zahlreichen Miseren ihres Lebens geringfügig.

Unter allen Umständen liegt's ihr am Herzen, zu beweisen, daß sie sich aus nichts etwas macht. Sie ist immer erhaben. Sie unterzieht sich den langweiligen Pflichten ihres armseligen kleinen Hausstandes (sie wohnt in kümmerlichen Verhältnissen allein) mit demselben, jedes Interesse an ihrer Beschäftigung verleugnenden Märtyrergesicht, mit dem sie bei einem Diner ihr Champagnerglas leert oder bei einem Hausball eine Quadrille tanzt. Ihr ganzes Wesen ist immer durchdrungen von sittlicher Herablassung.

Sie ist groß und sehr dünn, sehr brünett, mit braunen Augen in einem verkümmerten, scharfkantigen Rassegesicht und trägt ein weißes Musselinfähnchen, das Kitty recht gut kleiden würde, in dem sie sich aber wie eine Fliege im Milchtopf ausnimmt.

»Wie spät!« ruft Kitty.

»Ich bin seit einer Stunde bereit; ich bin immer verläßlich«, erklärt Hildegard von Mühlhausen, »aber Emma kam nicht.«

»Die Frank ließ mich so lange warten mit meinem Kleid«, erklärt Emma Becker, »ich war schon außer mir.«

»Wie kann man außer sich geraten über die Unpünktlichkeit einer Schneiderin!« bemerkt sinnend Hildegard von Mühlhausen.

»Aber ich bitte dich, Hildegard, wenn ich auf ein so hübsches Kleid zu lange hätte warten müssen, wär ich auch unruhig geworden«, versichert Kitty, und Emma mit Andacht betrachtend, setzt sie hinzu: »Dein Kleid ist wunderschön!«

»Wenn's nicht einmal hübsch wäre«, seufzt Emma Becker; »ich bitte dich« – wichtig auf das aus dem Atelier Albert Franks stammende Meisterwerk herabsehend – »ein einfaches Musselinkleid und kostet hundert Taler! Geradezu unverschämt, nicht wahr!« Emma seufzt selbstgefällig in dem schmeichelhaften Bewußtsein, daß es zum höchsten Frankfurter Chik gehört, unter der Unverschämtheit Albert Franks zu leiden.

»Hundert Taler!« lacht Kitty, »meins kostet kaum so viele Groschen, aber ich bin eben darauf angewiesen, mich billig einzurichten. Bis zu einer sehr reichen Frau werd ich's in diesem Leben nicht bringen!« Bei diesem Ausspruch schließt sie die Augen halb und lacht leise vor sich hin.

»Warum solltest du nicht eine gute Partie machen?« sagt die phlegmatische Emma (sie ist nämlich höchstens durch ihren Schneider in Harnisch zu bringen) protegierend.

»Warum?« – ein etwas mutwilliges Lächeln kräuselt Kittys Lippen – »vielleicht, weil mir's nicht allzusehr darauf ankommt.«

Hildegard und Emma haben ihre alte Bekanntschaft mit Anna Marie erneut, Herr Wißmuth die verschiedenen sauber abgeschriebenen Stimmen seiner »Jubelkantate« zusammengesucht (sie waren in die vierhändigen Noten geraten). »Ich bitte, meine Damen!« ruft er jetzt, beide Arme hoch in die Luft hebend.

    A–ach, wie freuen wir uns,
    D–aaaß zum Feste hier
    U–uhns so froh vereint
    Dieser Jubeltag!

Die Damen stellen sich in Positur. Emma Becker singt Sopran, Anna Marie Mezzosopran, Kitty den ersten, Hildegard den zweiten Alt.

»Ausgezeichnet!« ruft Herr Wißmuth begeistert. »Vergessen Sie nicht, meine Damen, kaum daß Sie die Halle betreten haben, gruppieren Sie sich um Herrn Förster; plötzlich stampfe ich mit dem Fuß und Sie schmettern los: ›A-aach, wie freuen wir uns‹, es wird großen Effekt machen!«

War das nicht ein Wagen?

»Ja, es ist Bertha!« sagt Kitty, aus dem Fenster blickend, »sie versprach sich aufzuhalten, um jemand von uns mitzunehmen.«

»Wer fährt mit uns!« ruft jetzt, etwas atemlos in das Musikzimmer hineinstürmend, ein kurzer breitschulteriger Mann mit einem stark gefärbten, selbstbewußt dreinschauenden Gesicht, sehr weißen Zähnen unter einem dicken, blonden Schnurrbart und einem herausfordernd funkelnden Brillantring an dem kleinen Finger seiner sorgfältig gepflegten linken Hand. Es ist Herr Walter Sadis, der Mann von Kittys älterer Schwester, ein wohlhabender Mensch, der sich eifrig bemüht, das Vermögen, welches bereits sein Vater auf der Börse gewonnen hat, zu vermehren.

»Wer fährt mit uns?« ruft er, »zu viel Luft und Platz darf man meiner Frau natürlich nicht wegnehmen – bei ihrem Zustand, aber für eine Person ...«

Herr Sadis verbringt seine ganze freie Zeit damit, die heiligen Rechte seiner Frau auf Luft und Platz zu verteidigen.

Kitty lacht ihn aus; ihr Vater, dem, wie allen beinahe bankerotten Geschäftsleuten, fremdes Geld imponiert, erteilt ihr einen Verweis; Herr Sadis schneidet Gesichter, worauf man sich schließlich dahin vereinigt, daß die vier unverheirateten Damen in Emma Beckers Landauer, oder vielmehr in dem Landauer, den der Onkel, bei dem sie zu Gast ist, ihr geborgt hat, fahren sollen, und daß Herr Wißmuth, als der am wenigsten Luft und Platz Raubende, sich dem Ehepaar anschließt.

* *
*

»Auf was warten wir denn eigentlich?«

Es ist Herr Wißmuth, der diese Frage stellt. Die Jubelkantate ist längst vorüber. Kitty hat inmitten ihres Parts plötzlich angefangen zu lachen, was der Erhabenheit des Eindrucks etwas Eintrag getan. Der angejubelte Hausherr hat sich aber sofort bereit erklärt, den Lachkrampf Kittys als eine Nervosität zu bezeichnen, und war tief gerührt von der Aufmerksamkeit. Die Gäste sind alle versammelt und stehen in der mit alten Bildern und Waffen ausgeschmückten Vorhalle des Schlosses, die während der guten Jahreszeit als Empfangsraum benutzt wird, auf das Zeichen harrend, daß angerichtet ist.

Etwa zwanzig Personen sind's; ein paar Offiziere aus Hanau und Homburg, eine Gutsbesitzersfamilie aus der Umgebung, der Rest Frankfurter, lauter wohlerzogene, sehr gut gekleidete, etwas zur Korpulenz neigende, fabelhaft reiche Leute, die alle sehr stolz darauf scheinen, Frankfurter zu sein. Man ist etwas vor der angesagten Dinerstunde gekommen, um den neuen Besitz Herrn Försters genau in Augenschein zu nehmen, sämtliche Räume mit ihm zu begehen und ihm Ratschläge betreffs der Ausschmückung derselben zu erteilen; jetzt hat man das Vergnügen ausgenossen. Man weiß nicht recht, was mit sich anzufangen.

Es ist sechs Uhr, man fängt an hungrig zu werden; am hungrigsten ist Herr Wißmuth, besonders deshalb, weil er ahnt, daß seinen Gaumen ein sehr großer Genuß erwartet. Herr Sadis steht neben dem Lehnstuhl, in dem sich seine hübsche, starke, rotblonde Frau ausgestreckt hat, und verteidigt wie gewöhnlich ihre Rechte auf Luft und Platz gegen jeden unbefugten Eingriff. Emma Becker sitzt zwischen zwei tadellos gekleideten Frankfurter Dandies und befleißigt sich, selbe eifersüchtig gegeneinander zu hetzen. Kitty sitzt mit einem ellenlangen Gesicht in einer Ecke allein und hat Lust zu weinen. Der Hausherr steht inmitten seiner Gäste und hält eine Abhandlung über moderne Kulturbedürfnisse und die Verbesserungen, welche er in Ulmenhof einzuführen gedenkt, wobei er nach Kitty schielt.

»Sie können sich gar nicht denken, wie mir zu Mute ist!« seufzt Hildegard Anna Marie von Hohleisen zu, an welche sie sich vielleicht nur aus dem Grunde gekleitet hat, weil Anna Marie ihr als die einzige ebenbürtige Persönlichkeit unter den Anwesenden erscheint; denn, wenn Hildegard von Mühlhausen auch über alles mögliche erhaben ist, über Standesvorurteile ist sie's nicht. Sie spricht das Wort freilich »Standesüberzeugungen« aus.

»Sie können sich nicht vorstellen, wie mir zu Mute ist!« klagt sie. »Ich bin eine nahe Verwandte der Altenrieds, meine ganze Kindheit habe ich in Ulmenhof verbracht, denken Sie sich in meine Lage hinein!«

Fräulein von Hohleisen versucht teilnehmend auszusehen, sieht aber nur zerstreut aus, was daher rührt, daß sie, anstatt sich in Hildegard von Mühlhausens Lage zu versetzen, sich mit der Beobachtung des Hausherrn beschäftigt, der während der langen Schloßbesichtigung Kitty durch auffallende Huldigungen ausgezeichnet hat. Er ist ein Mann mit einem breiten Nacken und einem roten vollen Gesicht, dessen ziemlich regelmäßige Züge durch einen Ausdruck latenter Roheit verunstaltet sind, etwa sechsunddreißig Jahre alt, groß, mit einer schwerfälligen, aber nicht von Comptoirbeschäftigungen beeinflußten Erscheinung. Als sehr junger Mann durch den Tod seines Vaters von jeglichem oberherrlichen Zwang befreit, hat er sich damals sofort vom Geschäft zurückgezogen, um das Leben zu genießen, und er hat es offenbar genossen bis auf die Neige. Dabei macht er einen sehr robusten, keineswegs abstrapazierten Eindruck, den Eindruck eines Menschen, der sich vieles gegönnt, nie etwas zum Fenster hinausgeworfen, der mit allem Haus gehalten hat, selbst mit seiner Gesundheit. Jetzt hat er das Leben hinter sich und scheint den Zeitpunkt günstig zu finden, eine Familie zu gründen und seine Junggesellenschiffe zu verbrennen.

Kitty gefällt ihm offenbar sehr, aber sein Gefühl für sie ist dasselbe, wie er es für so und so viele hübsche Tänzerinnen und Schauspielerinnen empfunden hat, nur ist er bereit, für ihren Besitz einen bedeutend höheren Preis zu zahlen. Summa Summarum ist er Anna Marie außerordentlich unsympathisch und dieselbe hat bereits längst entschieden, daß er nichts weniger als ein passender Lebensgefährte für ihren Liebling wäre.

»Aber auf was warten wir denn eigentlich«, wimmert Herr Wißmuth mit immer kläglicherer Betonung.

Diesmal hat der Wirt seine Frage gehört. Er zieht seinen tadellosen Chronometer und stellt etwas mißliebig fest, daß es bereits ein Viertel nach sechs geworden ist.

»Wir warten auf Altenried«, erklärt er hierauf in einer runden volltönenden Stimme, der Stimme eines Menschen, der sich sein lebenlang sehr wichtig vorgekommen ist. »Er hat mir keine Absage geschickt, infolgedessen kann ich nicht anders, als annehmen, daß er noch kommen wird.«

»Habe Sie de – Alteried eingelade?« fragt eine ziemlich umfangreiche Dame mit einem tiefen, herzförmigen Ausschnitt in einem burgunderroten Atlaskleid und mit sechs Reihen Perlen um den Hals. Sie heißt Frau von Manz, war einmal eine berühmte Schönheit und ist ebenso bekannt für ihren gemütlichen Frankfurter Dialekt, wie für ihre Bundestagsabenteuer und die unermüdliche Betriebsamkeit, mit der sie, jedem Widerstand Trotz bietend, auf der socialen Leiter eine Sprosse nach der anderen erklimmt. Sie modelt ihr Benehmen nach dem der Königin von Preußen, der sie ähnlich zu sehen glaubt. Ihre majestätische Haltung steht in ebenso komischem Widerspruch mit ihrem gemütlichen Dialekt, wie ihr Frankfurter Bürgerstolz mit ihrer Sehnsucht nach Hofluft.

»Ja, gnädige Frau, da ich mit Altenried im Verkehr stehe, ist das wohl selbstverständlich«, versichert Herr Förster. Sein Mienenspiel drückt bei diesen Worten eine großartige Bescheidenheit aus, so beiläufig, als ob man ihn mit Gewalt gezwungen hätte, eine verdienstvolle Handlung einzugestehen.

»Wie kommt er denn eigentlich in die Gegend?« fragt Frau von Manz weiter, indem sie sich mit einem stark klappernden Fächer Kühlung zuweht.

»Er ist bei seinem Vetter, dem Grafen Solingen in Ilmenau, zu Besuch«, erklärt Herr Förster.

»Und warum habe Se de Solinge nicht auch eingelade?« fragt die ehemalige Bundestagskoryphäe ziemlich indiskret.

»Ich habe ihn aufgefordert zu kommen, er hat aber abgelehnt wegen eines Unwohlseins«, erklärt Herr Förster.

»Sonderbar«, meint Frau von Manz – man nennt sie gewöhnlich die Rheinweinkönigin, weil ihr verstorbener Mann den größten Teil seines Vermögens in Johannisberger und Rüdesheimer gemacht haben soll – »ich möcht schwöre, daß ich dem Solinge heut auf der Zeil begegnet bin.«

»Solingen ist ein sehr armer Teufel, es demütigt ihn offenbar, mit wohlhabenden Leuten zusammenzukommen«, erklärt Herr Förster mit nicht zu beunruhigendem Selbstbewußtsein.

Die Rheinweinkönigin zuckt die Achseln. Sie ist nicht dumm, trotz ihrer zahlreichen Schrullen. »Hm!« macht sie ruhig, »wenn mich nicht alles täuscht, läßt Sie der Alteried auch im Stich. 's ist ihm nicht übel zu nehme. 's muß ein sonderbares Gefühl sein, so in ei' Haus zu trete, das einem Fremde gehört und von dem man sich sagt, das Haus sollt eigentlich mei Haus sein! Es hat überhaupt Mut dazu gehört, Ulmehof zu kaufe.«

»Wieso?« fragt etwas übellaunig Herr Förster.

Die Rheinweinkönigin klappert nur schläfrig mit ihrem Fächer, und einer der anwesenden Herren nimmt das Wort.

»Man behauptet, es spuke in Ulmenhof jedesmal, wenn ein neuer Besitzer darin auftaucht«, erklärt der Herr. »Der letztverstorbene Altenried geht dann in dem Schloß um und zwar so lange, als bis der jeweilige Besitzer durch einen Unglücksfall vertrieben wird. Das Haus will, wie es scheint, keinem anderen gehören als einem Altenried.«

»Törichter Aberglaube!« brummt Herr Förster, dessen Stirn sich verfinstert hat. »Wenn Altenried sich übrigens nicht bald zeigt, werde ich servieren lassen.«

»Das denk ich auch«, versichert Herr Wißmuth mit Überzeugung.

»Ich kann nicht anders vermuten, als daß ihm etwas zugestoßen ist«, meint Herr Förster. Die arme Kitty hat nur gerade Zeit gehabt, totenblaß zu werden, als die Tür aufgeht und Altenried erscheint.

»Sie haben sich etwas verspätet«, bemerkt Herr Förster mit würdiger Zurechtweisung, und Herr Wißmuth setzt witzig hinzu: »Sind wahrscheinlich zu Fuß gegangen, Herr Baron.«

Der junge Mensch errötet ein wenig. »Sie haben's erraten«, sagt er ruhig.

»Nun, da müssen Sie ja todmüde sein!« bemitleidet ihn Herr Förster, »zwischen Ilmenau und Solingen liegt ja eine ganze Provinz.«

»Ach, lumpige zwei Stunden, für einen Infanteristen ist das nichts«, entgegnet Altenried; »wenn ich mich nur bald genug auf den Weg gemacht hätte, aber ich erfuhr erst im letzten Moment, daß das Reitpferd meines Vetters krumm sei, mit den Wagenpferden war er am Morgen nach Frankfurt gefahren. Ich bitte sehr, meine Unpünktlichkeit zu entschuldigen.«

»Es ist Ihnen unter den Umständen als hohes Verdienst anzurechnen, daß Sie überhaupt gekommen sind«, sagt Herr Förster in einem Ton, daß es Altenried in den Händen juckt. Da begegnen seine Augen dem Blick Kittys! Was für ein Blick! zärtlich, empört, begeistert, kindlich unbefangen! Es war doch der Mühe wert, zwei Stunden zu Fuß zu gehen für diesen Blick!

Indem meldet der Kammerdiener, daß angerichtet ist. Herr Förster führt die Rheinweinkönigin zu Tisch und fordert Herrn von Altenried auf, Fräulein von Hohleisen seinen Arm zu bieten. Arme Kitty! Sie beißt sich die Lippen. Ehe sie sich dessen versieht, hat sie sich am Arm eines der beiden Frankfurter Dandies, die soeben noch Emma Becker den Hof gemacht haben, dem Zuge angeschlossen. Man muß sich fügen! Der einzige, welcher das nicht einsieht, ist Herr Wißmuth, der triumphierend das allerjüngste und hübscheste der anwesenden Frankfurter Mädchen zu Tisch führt, was übrigens die ganze, sorgfältig kombinierte Tafelordnung Herrn Försters umstößt. Aber das ist Herrn Wißmuth trotz all seines Respekts für das Geld seines Wirtes gleichgültig.

* *
*

Der Speisesaal war etwas kahl, wie vorläufig noch alle Räume des Schlosses, die Wände hell, in einer einzigen, längst verblaßten, kaum erkennbaren Farbe gemalt und oben längs der Zimmerdecke mit einer schmalen Weinlaubguirlande verziert, die auch an allen Ecken neben einem dunkelbraunen Streifen gerade herunterlief. Ein paar Empirebüffetts, lächerlich klein für das große Zimmer, machten außer dem Speisetisch, um den die Gäste saßen, die einzige Einrichtung aus. Dieser Tisch, reich und glänzend besetzt, stand im schreiendsten Widerspruch zu der puritanischen Einrichtung des übrigen. Wie viel Silber, Aufsätze, Kandelaber – alles ein wenig zu glänzend, überladen und geschmacklos verschnörkelt; die Blumen in den Jardinieren zu dicht aneinander gedrängt, aber reich und bunt und einen berauschenden Duft ausatmend, Rosen, Tazetten und Maiglöckchen mit leichtem Farnkraut vermischt! Dazu eine Batterie von Gläsern neben jedem Teller und das Speiseservice von buntgemaltem modernem Meißener Porzellan. Die Vorhänge waren zugezogen, um das lange Frühlingszwielicht hinauszusperren; die massenhaften Wachskerzen in den silbernen Armleuchtern, sowie in dem großen, mit geschliffenen Glaspendeloques behangenen venetianischen Luster, einem Luster, wie man ihn sonst nur in den Empfangsräumen alter Paläste sieht, strahlten hell.

Kitty sah wunderhübsch und etwas verdrießlich aus und gab ihrem jungen Nachbar – außer seinem Reichtum genoß er noch die Auszeichnung, mit den Abkömmlingen verschiedentlicher Frankfurter Berühmtheiten weitschichtig verwandt zu sein – einsilbige Antworten. Der Hausherr, welcher sie so nahe neben sich placiert hatte, als es die Etikette ihm gestattete, richtete von Zeit zu Zeit über die zwei Personen hinüber, die ihn von ihr trennten, an sie Bemerkungen. Fräulein von Hohleisen beobachtete indessen ihren jungen Nachbar. »Kein Wunder, daß sich die Kleine für ihn interessiert«, dachte sie bei sich.

Als echte Österreicherin vermochte sie noch immer nicht sich darüber zu trösten, daß dieser »charmante junge Mensch« verurteilt war, bei der Infanterie zu dienen, doch mußte sie gestehen, daß man ihm den Infanteristen nicht anmerkte. Sie bedauerte ihn nur immer aufrichtiger für diesen Beweis seiner Armut.

Er war groß, eher größer als der Hausherr, von kräftigem Wuchs, aber sehr schlank, mit der Schlankheit seiner fünfundzwanzig Jahre und seiner vornehmen Herkunft. Das schmale Gesicht, bis auf den leichten Schnurrbart glatt rasiert, hatte das etwas zu lange Kinn, welches Fräulein von Hohleisen auf allen Ahnenbildern der Altenrieds bemerkt hatte, ein sehr feines Profil, und unter der breiten, nicht allzu hohen Stirn, die im Gegensatz zu dem Rest des Gesichts schneeweiß war, blickten, von dichten horizontalen Brauen beschattet, ein Paar tiefliegende, mandelförmige dunkelblaue Augen. Diese Augen blieben immer ernst, selbst wenn die etwas vollen Lippen lachten. Die Haltung des jungen Menschen war stramm und frei zugleich, was in seiner abwechselnd zur Steifheit oder Schlaffheit neigenden Umgebung besonders auffiel, seine Manieren waren bescheiden und verbindlich ohne aufdringliche Dienstfertigkeit.

Er hatte das Herz Annas erobert, ehe er noch ein Wort zu ihr gesprochen. Mit dem Reden war's überhaupt schwach bei ihm bestellt. Sie begriff, warum es ihm schwer fiel. Und doch fühlte sie den Wunsch, in seinem Inneren etwas weiter vorzudringen, Kittys halber.

Nach einem Weilchen machte sie einen kühnen Angriff. »Wie alt waren Sie, als Sie Ulmenhof verließen?« fragte sie rund heraus.

Er schrak ein wenig zusammen, sah zu ihr auf. Die Frage hätte leicht etwas Unzartes haben können. Aber aus Annas grauen Augen sprach so viel Teilnahme, daß der junge Mann sofort merkte, er habe eine Freundin an dem grauhaarigen Mädchen gewonnen.

»Zehn Jahre«, sagte er.

»Und seit der Zeit haben Sie das Schloß nicht besucht?«

»Nein.«

»Dann muß es für Sie recht unangenehm sein, es das erste Mal unter so vielen Fremden wiederzusehen.«

Sie sprach in einem unbefangenen mütterlichen Tone zu ihm, als ob sie ihn sein lebenlang gekannt hätte. Ihre Stimme, ihr Blick, ihr ganzes Wesen tat ihm wohl. Offenbar war die Sympathie zwischen ihm und ihr gegenseitig.

»Habe ich mir das so sehr anmerken lassen?« sagte er, indem ein Lächeln seine Mundwinkel hinaufkrümmte, das Lächeln, hinter dem ein Mensch seines Schlages eine peinliche Gemütsbewegung versteckt. »Es ist sonst nicht meine Art, aber ich bin heute etwas zerstreut. Ich bitte Sie sehr, mich zu entschuldigen, gnädiges Fräulein.«

»Man müßte ein Unmensch sein, um Ihnen Ihre Verstimmung übel zu nehmen«, erklärte Anna energisch; »ich hätte eigentlich gar nicht von diesem Thema anfangen sollen, aber ich kann Ihnen so gut nachempfinden. Ich habe etwas Ähnliches erlebt; auch unser Landgut, das, auf dem ich einen Teil meiner Mädchenjahre verbrachte, ist verkauft worden. Es war lange nicht so schön wie Ulmenhof, aber ich hatte es doch unbeschreiblich lieb. Zehn Jahre, nachdem ich Abschied davon genommen – unter wieviel Tränen! – schlich ich mich heimlich an den Gartenzaun heran, hinter dem ich fremde Kinder laufen hörte; die Frau des neuen Besitzers erblickte mich und forderte mich auf, einzutreten. Keine Möglichkeit, mich dem zu entziehen! Die neuen Menschen waren sehr nett gegen mich, *selon leurs lumières*!« – ohne ein bißchen Französisch kommt Anna nicht durch – »ich wurde gefeiert, bewirtet, dann schleppten sie mich zwei Stunden lang in Haus und Garten herum, um mir die von ihnen angebrachten Verbesserungen zu zeigen. Mein armer Garten! wie sah der aus! ich konnte ihn gar nicht finden zwischen all den neuen Teppichbeeten, Springbrünnlein und wohlgepflegten Bosketts. Das Haus erschien mir unter seiner neuen Tünche wie geschminkt. Als ich mich entfernte, hatte ich die Heimat verloren, selbst die Erinnerung daran war jetzt verzerrt und verzeichnet, ich konnte sie nicht mehr deutlich in mir wachrufen. Nun, zum wenigsten war ich für immer von meinem Heimweh geheilt.«

»Mich wird von meiner Liebe zu Ulmenhof nichts mehr heilen«, erklärte der junge Altenried immer noch lachend. »Wenn ich tot bin, geh ich in Ulmenhof um«, sich etwas zu Anna neigend. »Sie begreifen vielleicht, gnädiges Fräulein, daß es mir, alles Heimweh beiseite, eine unbeschreibliche Genugtuung wäre, den jetzigen Besitzer hinauszuquälen. Hm! im Leben dürfte mir's kaum beschieden sein!« Er schwieg einen Augenblick, dann hub er von neuem an: »Wissen Sie, woran ich dachte, als ich so stumm neben Ihnen saß, gnädiges Fräulein? Ich beschäftigte mich damit, die Möbel an ihre alten Plätze zu rücken. Hier fand ich mich anfänglich gar nicht zurecht. Die beiden Büffetts gehörten in unser altes Speisezimmer. Diesen Saal bewohnten wir eigentlich nicht, er war zu groß für unsere Verhältnisse, wie übrigens das ganze Schloß. Nur zu Weihnachten wurde er geheizt, der Christbaum wurde immer darin angezündet, dort unter dem Bild der Urgroßmutter – das ist meine Urgroßmutter, die Frau in dem weißen Kleide und mit dem Gürtel unter den Schultern. Mein Gott, an unserem ganzen Christbaum hing nicht ein Viertel von den Wachskerzen, die heute hier verbrannt werden. Er malte immer nur eine kleine Lichtinsel in den großen Raum hinein, alles übrige blieb dämmerig. Aber es war so schön, sich aus der Dämmerung heraus in diese Lichtinsel zu stürzen, man freute sich so an jedem bunten Bilderbuch, an jedem Spielzeug, jeder vergoldeten Nuß. Der Aufbau wurde alle Jahre ärmlicher, aber je ärmlicher er wurde, desto lauter freute man sich, schon um den Eltern ein Vergnügen zu machen. Es war doch schön«, setzte er leiser, wie zu sich selbst sprechend, hinzu, »bis in die Sorgen hinein war's schön!«

»Leben Ihre Eltern noch?« fragte Anna.

»Sie befehlen, gnädiges Fräulein?«

Altenried hatte nicht aufgehorcht.

»Ich fragte, ob Ihre Eltern noch leben.«

»Mein Vater starb bald, nachdem Ulmenhof verkauft war. Die Sorgen hatten zwar aufgehört, aber er konnte sich in das Stadtleben nicht hineingewöhnen. Wir taten, was in unserer Macht lag, um's ihm lustig zu machen, wir sagten immer, daß wir Ulmenhof gar nicht entbehrten, daß es viel amüsanter sei in der Stadt. Aber er glaubte uns nicht. Er sah uns immer so ängstlich von der Seite an, als ob er uns um etwas gebracht hätte, der Arme, gerade als hätte er etwas dafür gekonnt. Als er Ulmenhof übernahm, war es bis zum Wetterhahn hinauf verschuldet. Wie hätte er sich da heraushauen sollen! Das einzige, was man ihm allenfalls zum Vorwurf machen konnte, war, daß er ein Mädchen ohne Mitgift geheiratet ... aber ... wir hätten keiner eine andere Mutter haben wollen!«

»Ihre Mutter lebt noch?«

»Ja, Gott sei Dank!«

»Und Sie haben mehrere Geschwister?«

»Zehn Stück.« Altenried lächelte, während er Anna von Hohleisen diese verblüffende Mitteilung machte, aber er zuckte munter die Achseln: »›'s ist kein Krüppel, kein Trottel, kein schlechter Kerl darunter‹, damit entschuldigt sich meine Mutter jedesmal, wenn man ihr den allzu großen Kindersegen zur Last legt, mit dem sie meinen Vater beglückt hat.«

»Sie sind der Älteste?«

»Nein, ich stecke mitten drin.«

»Und Ihre Mutter ist noch wohlauf?«

»Ja, gottlob. Sie trägt ihr Schicksal rüstig und ist sogar sehr heiter, obgleich sie ihre Witwentrauer nie abgelegt hat. Meine Mutter ist eine wunderschöne alte Frau. Sie sieht Ihnen etwas ähnlich, gnädiges Fräulein.« Kaum waren die Worte gesprochen, so wurde er verlegen.

Anna lachte. »Ich hab's Ihnen nicht übel genommen«, versicherte sie dem jungen Mann gutmütig, »im Gegenteil, in meinem Alter freut man sich über jedes Kompliment.«

»Aber meine Mutter ist natürlich viel älter als Sie, gnädiges Fräulein«, beeiferte sich Altenried zu versichern.

»Ach, ich bitt Sie, auf ein graues Haar mehr oder weniger kommt's nicht an«, erwiderte die Österreicherin, »zu den jungen Hasen gehör ich ja auch schon längst nicht mehr. Wenn ich zur richtigen Zeit geheiratet hätte, könnte ich jetzt fast einen so großen Sohn haben, wie Sie sind, und unter uns gesagt, es wäre mir ganz recht.«

Das war ein sehr komischer Ausspruch. Anna von Hohleisen sagte manchmal unmögliche Dinge – sie war bekannt dafür –, aber immer so, daß es sie gut kleidete.

Während der junge Mensch sie etwas erstaunt ansah und noch keine Erwiderung auf ihre Worte gefunden hatte, fuhr sie lachend fort: »Es wäre gar nicht übel, sich für seine alten Tage eines solchen Verehrers zu versichern, wie ihn Ihre Mutter an Ihnen hat!« Und dabei griff sie nach ihrem Champagnerglas und sagte mit ihrem lieben Lächeln: »Stoßen wir auf gute Freundschaft an, Herr von Altenried.«

»Von Herzen gern, gnädiges Fräulein!« Während die Gläser der beiden aneinanderklangen, suchte Anna das Gesichtchen Kittys – sie merkte wohl, daß der Blick ihres Nachbarn denselben Weg genommen, doch blieb er nicht auf Kitty haften, sondern glitt sofort wieder ab.

»Gefällt sie ihm nicht, oder wagt er sich nicht an sie heran seiner Armut halber?« fragte sich Anna von Hohleisen. Und der Zweifel gab ihr einen Stich durchs Herz. Es war ihr sehr darum zu tun, daß Kitty diesem jungen Menschen gefallen solle.

Das Diner nahte seinem Ende. Die Diener trugen die Dessertaufsätze herum – Herr Wißmuth hatte ein sehr rotes Gesicht und wässerige Augen und riß unermüdlich Knallbonbons entzwei mit seiner jungen Nachbarin, der er dann schmunzelnd die Devisen vorlas.

Herr Förster hatte soeben einen Toast ausgebracht auf die »neuerblühte Rosenknospe in der Wetterau« und streckte dabei sein Champagnerglas Kitty entgegen.

»Herr Förster macht Fräulein Kitty den Hof«, bemerkte Altenried in einem Tone, von dem Anna sich fragte, ob er wirklich gleichgültig war oder nur so klingen sollte.

»Darüber kann kein Zweifel herrschen«, entgegnete ihm Anna.

»Er hat recht«, sagte Altenried, mit den Bonbonhülsen auf seinem Dessertteller spielend, »es läßt sich nicht leugnen, daß Fräulein Wißmuth prächtig nach Ulmenhof passen möchte.«

»Ja, sie gefällt ihm«, dachte Anna; »aber liebt er sie?«

* * *

Kitty hatte keinen Zweifel darüber, nein, nicht den geringsten Zweifel. Sie wußte, daß Altenried von ihr wegschaute, weil Herr Förster ihr Aufmerksamkeiten erwies, weil er ein armer Teufel war und Herr Förster eine gute Partie. Mit achtzehn Jahren fühlt man so etwas genau – später irrt man sich, quält sich mit mißtrauischen Zweifeln ab, oder macht sich lächerlich durch mühsam festgehaltene Illusionen – aber mit achtzehn Jahren irrt man sich nicht!

Kitty wußte ganz gut, wie es im Herzen Altenrieds aussah – der einzige dunkle Punkt in dieser Verwicklung war für sie, wie ihn dazu bekommen, ihr seine Liebe einzugestehen. Das Schlimmste war, daß er, wie er ihr selber mitgeteilt, noch dieselbe Woche abreisen sollte.

* *
 *

Jetzt war das Diner vorbei; man hatte sich von neuem in der Vorhalle versammelt. Die Stimmung war um ein bedeutendes gemütlicher geworden; alle Gäste sprachen lauter als vor dem Essen und waren stärker gefärbt. Man merkte, daß man sich nicht weit vom Rhein befand.

Man hatte sich nach gut deutscher Sitte die Kreuz und Quere die Hände gereicht, hatte Kaffee und Chartreuse getrunken, die Damen hatten den Herren gnädigst die Erlaubnis erteilt, in ihrer Gegenwart eine Cigarette zu rauchen.

Aus Kittys großen Kinderaugen blitzte ein Gewitter von Ungeduld, Herr Förster hatte sie eine volle Viertelstunde mit schönen Redensarten festgenagelt – Altenried stand indes mit einem verdrießlichen Gesicht am anderen Ende der Halle, und Kitty klopfte das Herz vor Angst, er könnte sich auf französisch aus dem Staube machen, ehe sie noch Gelegenheit gefunden haben würde, ein Wort mit ihm zu reden. Der Gedanke war unerträglich. Indessen hatte eine der Damen gefragt, ob denn nicht einer der Anwesenden einen Walzer spielen könne. Anna Marie hatte sich bereitwillig an den Flügel gesetzt und hämmerte mit Macht und dem österreichischen Walzerrhythmus, der ihr im Blut steckte, die »Geschichten aus dem Wiener Wald« in die Tasten hinein.

Eine Minute später walzte alles. Herr Wißmuth sehr unternehmend und den Ellenbogen altmodisch zusammenknickend, natürlich mit dem blutjungen Mädchen, neben dem er bei Tisch gesessen und in das er augenscheinlich bis über die Ohren verliebt war, Hildegard von Mühlhausen mit einem Offizier, den sie um eine Kopflänge überragte und bei jedem Schritt vom Boden aufhob. Der Offizier tanzte offenbar aus Pflichtgefühl, und Hildegard gab sich den Anschein, ein Opfer zu bringen. Sie war nie erhabener, als wenn sie sich aus Gefälligkeit den kleinlichen Vergnügungen gewöhnlicher Menschen unterzog. Emma Becker tanzte – ja selbst die dicke Rheinweinkönigin schnaufte in den Armen eines höflichen Jünglings seelenvergnügt in der Halle herum. Herr Förster hatte natürlich sofort Kitty engagiert. Sie trachtete so schlecht zu tanzen als möglich, um ihn rasch los zu werden; da das keinen Eindruck auf ihn machte, schützte sie Atemlosigkeit vor. Ehe er sie widerwillig genug losließ, um sich als höflicher Hausherr einer anderen Dame zur Verfügung zu stellen, drückte er ihr zärtlich die Hand.

Kitty merkte es kaum und hatte keine Zeit sich darüber zu ärgern. An seiner sich entfernenden Gestalt vorbei blickte sie zu Altenried hinüber, so einschmeichelnd, als sie es überhaupt zu stande brachte, und das war nicht wenig. Einen Moment tat Altenried, als ob er nichts merkte, dann – nun, dann ging er ruhig auf sie zu.

»Herr von Altenried, was haben Sie heute eigentlich gegen mich?« fragte sie ihn mit einer wundervoll altklugen Miene streng.

»Ich gegen Sie, gnädiges Fräulein?« Er lächelte unwillkürlich, und sie fuhr, die Achseln in die Höhe ziehend, mit einem komisch feierlichen Gesichtsausdruck fort: »Ich kann nichts dafür, daß mir Herr Förster den Hof macht.«

»Können Sie wirklich nichts dafür?« sagte er etwas mutwillig. »Nun, da darf ich's Ihnen auch nicht weiter zur Last legen; ich dachte wirklich, Sie hätten plötzlich Ihre Meinung von ihm geändert.«

»Es dürfte doch noch einige Zeit dauern, ehe das geschieht«, entgegnete Kitty.

Anna Marie hämmerte noch immer gutmütig darauf los, die »Dorfschwalben« jetzt.

»Dürfte ich bitten«, sagte Altenried.

Kitty nickte, und schon wirbelte sie im Arm des jungen Mannes fort, von der süß hinschmachtenden Musik getragen in einem Meer von warm pochender Jugendseligkeit.

Anna Marie blickte ihnen nach, mitten aus ihrer Tätigkeit am Klavier heraus. Sie sahen sehr hübsch aus miteinander, wie nur zwei junge Menschen mit sich instinktiv einander anschmiegenden Bewegungen.

»Wie gut er walzt für einen Preußen!« dachte Anna, die von österreichischem Lokalpatriotismus nicht ganz frei war.

Dann standen sie zusammen in einer Fensternische. Das Fenster war offen, und man sah den Mond draußen am Himmel in einem Gewimmel von zahllosen Sternen. Die milde, von süßherbem Wohlgeruch geschwängerte Luft strich ihnen um die Wangen.

Einige der Gäste fuhren fort zu tanzen, einige andere gingen paarweise oder zu dreien in den Garten hinaus. Kitty sah ihnen sehnsüchtig nach. »Möchten Sie nicht auch mit mir hinaus?« flüsterte sie, »es muß wunderschön sein jetzt.« Altenried stockte einen Augenblick. Wie oft hatte er sich heute bereits vorgenommen, vernünftig zu sein, aber es wollte ihm nun einmal nicht recht glücken! Ehe er sich's versah, wandelte er draußen neben Kitty über die breiten, roten Sandwege, die vom langsam sinkenden Nachttau feucht waren und auf welche die Schatten der noch dünnbelaubten Fliederhecken zwischen das grelle Mondlicht fielen.

»Ich will Ihnen meinen Lieblingsplatz zeigen«, sagte er leise. Er hatte ganz vergessen, daß Ulmenhof einem Fremden gehörte.

Er führte Kitty an einen runden Platz, um den hohe, in der Manier des Lenotre verstutzte Laubmauern emporragten. Gegen diese Laubmauern hoben sich abwechselnd Statuen und steinerne Bänke ab. Die Mitte des Platzes nahm ein derzeit versiegter Springbrunnen ein, dessen Becken zwei vermooste Delphine schmückten. Der Mond schien grell und verlieh den Statuen ein quälend unbestimmtes Halbleben. Sie sahen auf ihren Sockeln wie verzauberte Menschen aus, die plötzlich von einer wahnwitzigen Sehnsucht befallen worden wären, auf die Erde herunterzusteigen und noch einmal hinauszujubeln in den Frühling.

»Wenn wir uns ein wenig niedersetzten, ein ganz klein wenig«, bettelte Kitty einschmeichelnd.

»Ist es nicht zu kalt?« murmelte er. »Ich will Ihnen einen Umwurf holen.«

»Ach nein!« bat sie, »allein fürchte ich mich«, und sie blickte sich schaudernd nach den Delphinen um. »Es ist nicht kalt. Übrigens –« und lachend schlug sie den Doppelrock ihres weißen Kleidchens über ihren bloßen Kopf, wie eine Wallfahrerin im Regen. Es ließ ihr entzückend, das zarte Blütengesicht sah doppelt verführerisch aus in der weißen Hülle, die sie mit einer Hand unter dem Kinn festhielt. Sie setzte sich auf eine Bank neben die Statue einer Flora mit einem leeren Füllhorn und tänzelnder Pose. Einen Augenblick blieb er stehen, dann setzte er sich auch. Das Blut pochte ihm in allen Fingerspitzen, sein Mund war trocken. Wie herrlich das alles war! Rings um ihn Mondschein und Frühling, und neben ihm Kitty so ruhig und unbefangen, offenbar ahnungslos von dem Gewitter in seinen Nerven. »Man möchte immer hier bleiben«, sagte sie aus einem längeren Schweigen heraus mit ihrem vollen, innigen Kinderstimmchen und blickte ihn aus großen, begeisterten Augen an.

Er sah mühsam von ihr weg. »Nach allem, was ich heute beobachten konnte, hängt es wohl von Ihnen ab, ob Sie für immer hier bleiben wollen oder nicht«, murmelte er heiser.

»Ich hab's Ihnen schon einmal gesagt, ich kann nichts dafür, daß mir Herr Förster den Hof macht«, wies sie ihn humoristisch zurecht. »Wenn Sie auf jemanden böse sein wollen, so müssen Sie auf Herrn Förster böse sein, nicht auf mich.«

»Wie soll ich auf Herrn Förster böse sein«, murmelte Altenried, und plötzlich, fast auffahrend, setzte er hinzu: »Glauben Sie denn, ich würde Sie nicht auch neben mir festzuhalten trachten, wenn mir Ulmenhof gehörte?« So, da hatte er's! Sein armseliges bißchen Selbstbeherrschung war ihm gänzlich abhanden gekommen.

Was nun? ... Ja was? ... Kitty legte ihm ganz einfach die weiche kleine Hand auf den Arm und sagte: »Und jetzt wollen Sie weiter nichts von mir wissen, nur weil Ihnen Ulmenhof nicht gehört?«

Das weiße Röckchen, das sie noch immer mit der Linken unter dem Kinn festgehalten, war ihr von dem krausen Scheitel heruntergeglitten, der warme Duft ihres Haares streifte seine Wange, ihre großen Augen blickten zu ihm auf.

Was war da noch viel zu machen! Er nahm die kleine Hand, die sie auf seinen Arm gelegt, und küßte sie zwei-, dreimal. »Kitty, Kitty, mein Engel, mein Leben!« rief er. Dann hatte er plötzlich wieder einen Anfall von Vernunft. Sein Atem stockte. »Ich bete Sie ja an«, begann er, »Sie wissen's ja; wenn Sie es nicht gewußt hätten, so wären Sie nicht gegen mich gewesen, wie Sie gewesen sind ...«

»Wahrscheinlich«, sagte Kitty sehr ruhig.

Er mußte unwillkürlich lächeln, mitten in seine Vernunft hinein, dann fuhr er fort: »Aber sehen Sie, Sie sind ja ein Kind, und ich müßte ein ganz schlechter Kerl sein, wenn ich Sie beim Wort halten wollte, da Sie gar nicht wissen, was Sie auf sich nehmen. Sie kennen das Leben nicht, Sie haben mich lieb, weil Sie Mitleid mit mir haben. So etwas gilt nicht, es könnte Sie später gereuen, und dann würden Sie an Ihrer Verlobung schleppen wie an einer schweren Kette, weil Sie doch zu ehrenhaft wären, Ihr Wort zurückzunehmen. Nein, bewahren Sie Ihre Freiheit ungeschmälert. Ich werde tun, was in meinen Kräften steht, um mir eine Existenz zu schaffen, die ich Sie auffordern dürfte mit mir zu teilen. Und sollten Sie dann wirklich noch frei sein und Ihre liebe Hand in die meine legen, dann will ich Ihnen auf den

Knien danken dafür. Bis dahin ...« er stockte außer Atem. Er hatte sich selbst reden gehört und gestaunt über seine eigene Beredsamkeit. Alles, was er sagte, kam ihm so überaus stichhaltig vor, daß er selbst nicht begriff, was man dagegen einzuwenden vermöchte. Ein kalter Schauer überlief ihn, eine Angst, es wäre ihm wirklich gelungen, sein schönes Glück wegzuvernünfteln.

Einen Augenblick zögerte Kitty, dann sagte sie: »Bis dahin können wir beide graue Haare haben. Nun, mir ist recht, was Ihnen recht ist, ich warte auf Sie, wenn's sein muß, meinetwegen hundert Jahre. Aber meinen Sie wirklich, daß es der Mühe wert ist, unser Glück hinauszuschieben, bis wir ein Paar trockene alte Mumien geworden sind, nur weil wir dann ein bißchen mehr Geld haben werden?«

»Kitty! – und Sie könnten sich entschließen, mich jetzt zu heiraten, auf meine Lieutenantsgage und meine zehn Taler Monatszulage hin?« rief Altenried.

»Ich würde Sie heiraten, wenn ich zugleich Ihre Frau und Ihre Scheuermagd sein müßte«, sagte Kitty, »das wär mir ganz gleich.«

»Kitty –!« Er legte den Arm um sie, ein kleiner, weicher, zitternder Schrei kam von ihren Lippen, halb wie das triumphierende Aufkichern eines Kindes, das seinen Willen durchgesetzt hat, halb wie das Schluchzen eines Weibes, das an der Grenze der höchsten Glückseligkeit steht. Sie schmiegte sich an seine Brust, er drückte den ersten Kuß auf ihre Lippen, und der Frühling freute sich.

Unterdessen hatte man Anna Marie eine kurze Rast gegönnt, ein Leierkasten, den der Kammerdiener drehte, vertrat ihre Stelle. Fräulein von Mühlhausen forderte sie auf, mit ihr im Park spazieren zu gehen. Anna Marie zeigte sich immer bereit zu allem, was die anderen von ihr verlangten, diesmal um so mehr, als ihr selbst darum zu tun war, ein bißchen nach Kitty zu sehen, was die scharfsinnige Hildegard sofort bemerkte. »Sie suchen Kitty?« sagte sie, indem sie Anna Maries spähenden Blick beobachtete. »Die ist nicht weit, vor einem Augenblick habe ich sie mit meinem Vetter Altenried in den Garten verschwinden sehen. Herr Förster hat sie auch gesehen, er war wütend. Es ist komisch, Herr Förster ist in Kitty verliebt, die ihn nicht mag, und Kitty ist in meinen Vetter verliebt, der nun – der jedenfalls durchaus nicht daran denkt, sie zu heiraten. Als gewissenhafter Mensch hat er ihr das auch deutlich gezeigt, aber sie hat nicht verstehen wollen. Ich bin fest überzeugt, sie hat ihn aufgefordert, sie in den Garten zu begleiten.«

Anna Marie sah Hildegard sehr betreten an. Sie wußte noch nicht, daß Hildegards hervorragendste Eigenschaft (außer der Erhabenheit) die Wahrheitsliebe war, das heißt das, was sie für Wahrheitsliebe hielt, nämlich eine drängende Sucht, jedem Menschen so viel Unangenehmes ins Gesicht zu sagen als möglich. Ehe Anna noch eine Antwort bei der Hand hatte, fuhr die Mühlhausen fort: »Mir ist es immer komisch, was einige Mädchen alles daran wenden, um die Männer an sich zu locken; ich hatte immer genug zu tun, die Männer von mir abzuwehren.« Fräulein von Mühlhausen hatte eine schwarze Spitzenmantille um Kopf und Schultern geworfen und sah sehr malerisch und über die Maßen verlockend aus. »Mein Gott, hat sie vielleicht zu viel Champagner getrunken?« fragte sich Anna Marie. Aber der Champagner hatte nichts damit zu tun, Fräulein von Mühlhausen war einfach in jenem Zustand persönlicher Mitteilungswut, welcher jedesmal über sie kam, sobald sie sich mit einem halbwegs geduldigen Wesen im *tête-à-tête* befand. Sie leistete in solchen Fällen das Merkwürdigste an Anspielungen auf ihre geheimnisvollen Reize, auf ihre sehr hohe Begabung, ihre Verehrer und ihre Heiratsanträge. Welche Reihe von abgewiesenen Freiern! – ein Prinz von Geblüt, ein pensioniertes gekröntes Haupt – Fräulein von Hohleisen konnte nicht recht herausbringen, ob es der letzte Kaiser von Mexiko oder der vorletzte Prätendent des damals vakanten spanischen Königsthrons war – Berühmtheiten jeder Kategorie, deutsche Standesherren und einfache italienische Principi u. s. w. Anna Marie lauschte staunend, verblüfft, und sah zugleich etwas verwundert an der verkümmerten Gestalt des neben ihr herwandelnden alten Mädchens nieder. Erst allmählich dämmerte es in ihrer arglosen Seele auf, daß Hildegard von Mühlhausen im höchsten Maß von dem Verfolgungswahnsinn gewisser alter Jungfern geplagt war, die in jedem Mann einen Freier sehen und beständig Heiratsanträge abweisen, wo keine drohen. Sie war eine von den Persönlichkeiten, denen die Phantasie reichlich durch Illusionen ersetzt, was ihnen das Schicksal an wirklichen Glücksgütern vorenthalten hat. »Ja, ich hab mich von jeher tapfer halten müssen, um dem Ideal meines Lebens treu zu bleiben«, versicherte Hildegard nach einer Weile selbstgefällig.

»Was ist das Ideal Ihres Lebens?« fragte Anna Marie.

»Die heilige Unabhängigkeit meines Herzens und meiner Person.«

»Unter allen Umständen?« fragte Anna Marie etwas kopfschüttelnd und ungläubig.

»Unter allen Umständen«, versicherte Hildegard mit Überzeugung. »Die Ehe ist etwas so Unästhetisches. Was ist Ihre Ansicht?«

»Ich weiß nicht«, sagte Anna Marie gewissenhaft; »in meiner Jugend hatte ich keine Zeit, ans Heiraten zu denken, und es hat sich schließlich nie jemand viel um mich bekümmert. Als zum erstenmal die Frage ernstlich an mich herantrat, war ich zu alt.«

»Das ist ja ganz töricht, Sie sind jetzt noch nicht zu alt«, versicherte Fräulein von Mühlhausen tröstend und höflich.

»Nun, vielleicht hätte es eine andere an meiner Stelle immerhin noch probiert«, meinte Anna Marie lachend, »aber ich – mit einem Wort, ich hatte ein zu romantisches Temperament, um mich in eine Ehe hineinzufügen, die zu meinen Jahren gepaßt hätte.« Kaum waren die Worte von ihren Lippen gefallen, so wurde sie dunkelrot, sie schämte sich, so viel von sich selbst gesprochen zu haben.

Auf Fräulein Hildegard hatte das naive Geständnis gar keinen Eindruck gemacht, die dachte immer nur an sich.

»Ich bin nicht im mindesten romantisch«, versicherte sie, »mir ist alle Liebe entsetzlich, ein jeder Mann wurde mir widerwärtig in dem Augenblick, wo ich merkte, daß er Lust bekam, mir einen Kuß zu geben. War das bei Ihnen nicht der Fall?« Die erhabene Hildegard forderte diese Vergleiche mit ihrer Umgebung natürlich immer nur heraus, um ihre eigene sittliche Höhe an der Kleinheit der anderen zu bemessen. Diesmal wurde selbst die gutmütige Anna Marie etwas ungeduldig. »Ich muß aufrichtig gestehen«, rief sie, »daß ich nicht oft –« doch ohne den Satz zu Ende zu sprechen, schlug sie die Hände zusammen und rief halb freudig halb erschrocken: »Jesus Maria!« worauf sie, ohne Hildegard weiter zu beachten, auf die beiden jungen Leute zueilte, die sie soeben neben der Flora sitzend erblickte, und ihren rätselhaften katholischen Ausruf in die Worte übersetzte: »Aber Kinder! was ist euch denn eingefallen?«

»Tue nur nicht so verzweifelt«, rief Kitty trotzig, »es geht dir doch nicht vom Herzen. Ich hab dir's ja angesehen, ganz genau hab ich dir's angesehen, daß du dir nichts Besseres für mich wünschtest. Wie solltest du auch!« Und Kitty heftete ihre von Glück und Liebe strahlenden Kinderaugen auf Altenried.

»Ich hoffe, daß wir Ihrer Sympathien sicher sind, gnädiges Fräulein«, sagte der junge Offizier, der, im Gegenteil zu Kitty, eher etwas verlegen war. »Mein Geständnis ist schneller gekommen, als ich gedacht hatte!«

»Daran bin ich allein schuld«, versicherte Kitty gelassen, »ich habe ihn gezwungen sich auszusprechen!«

Altenried sah erst Kitty, dann Anna Marie an, dann legte er den Arm um Kitty. »Gnädiges Fräulein, Sie haben keine Ahnung, wie lieb, wie –« Die Stimme brach ihm, er küßte Kitty auf die Stirn.

»Und das nennen die Menschen Liebe!« murmelte Fräulein von Mühlhausen, indem sie mit einem essigsauren Gesicht und vom Kopf bis zu den Füßen eingehüllt in Erhabenheit danebenstand und zusah. »Ich begreife wirklich nicht, wie das zwei vernünftigen Wesen Freude machen kann.«

* * *

Um eine Stunde später war es still in Ulmenhof.

Am Rand der breiten Chaussee, die nach Ilmenau führte, ging ein junger Offizier, den Säbel unter dem Arm. Zwischen den blühenden Obstbäumen, die rechts und links die Straße umsäumen, zog sich hoch über seinem Haupt ein breiter blauer Streifen dicht mit Sternen besäet, und der junge Mensch wünschte sich die Sterne aus dem Himmel auf die Erde herunter, nur um sie seiner Braut als Spielzeug in den Schoß werfen zu können. Jeder Blick des Mädchens, jedes liebe, unschuldige, übereilte Wort tauchte aus seiner Seele auf, während er so dahinschritt durch die stille Nacht – rings um ihn die duftenden grünen Getreidefelder und die blühenden Bäume, über ihm der Himmel. Ein Wagen kam an ihm vorüber, rasch und leicht. Er trat in den Schatten, um nicht gesehen zu werden.

Er hatte sich bis dahin nicht viel aus seiner Armut gemacht und aller Neid war ihm fremd gewesen, aber heute gab's ihm einen Stich durchs Herz. Es demütigte ihn, daß er Kitty so gar nichts zu bieten vermochte. Und plötzlich fing seine Phantasie an zu arbeiten. Auf welche Weise wäre es denn möglich, seine Zukunft etwas glänzender zu gestalten? Er hatte einen sehr reichen Onkel, den er allenfalls beerben konnte, aber der Onkel war noch jung, er gönnte ihm sein Leben – und dann – eine Erbschaft, die man unter elf Personen teilt! Er konnte dem Militärdienst entsagen, in ein Comptoir eintreten und

Unsummen an der Börse gewinnen. Aber von diesem Gedanken wendete er sich unmutig ab, nein, das lag ihm nicht im Blut, es würde doch nichts Gutes dabei herauskommen.

Was blieb übrig – ruhig seine nüchterne Werkeltagspflicht zu tun, genügsam von zehn Jahren zu zehn Jahren ein kümmerliches Avancement abwarten. – Er ballte die Faust und stampfte mit dem Fuß auf den Boden. Noch eins war möglich, es konnte Krieg kommen! Sein Blut pochte stärker. Krieg! Krieg! Das größte, edelste Hazardspiel der Welt! Er dachte nicht an das Furchtbare, das mit dem Krieg verbunden war, er dachte nur, daß der Krieg einen weiteren Spielraum bot für die Entwickelung seiner Fähigkeiten, eine Gelegenheit, seine Berufspflichten ernster, aufopfernder auszuüben, eine Möglichkeit, sich rascher emporzuschwingen, etwas zu erringen mit dem Einsatz seiner ganzen Persönlichkeit. Eine tolle Begeisterung überkam ihn, ein gräßlicher, dringender Wunsch. In demselben Moment schwirrte eine Sternschnuppe aus dem blauen Himmel herunter.

Das Herz des jungen Menschen blieb stehen. Er kannte den Aberglauben, welcher behauptet, daß der Wunsch, auf den, kaum daß er aus unserem Herzen aufgestiegen ist, eine Sternschnuppe antwortet, vom Schicksal erfüllt werden soll. Und plötzlich wurde ihm kalt. Wie hatte er etwas so Entsetzliches wünschen können – entsetzlich nicht für ihn, aber für so viele andere.

Ihm war's, als bedeckten sich die Felder ringsum mit Leichen ... und doch! Er hatte echtes Soldatenblut in den Adern – das alte Raubritterblut der Altenrieds. Was bedeutete das denn eigentlich, unter den Fahnen zu stehen in nicht absehbarer Friedenszeit? Ein Offizier, der zu nichts anderem diente, als seiner Mannschaft den Ceremonien- und Tanzmeister abzugeben – ein Offizier, dem nie Gelegenheit geboten worden war, sein Leben in die Schanze zu schlagen, war doch ein recht armseliger Wicht!

Zur selben Zeit lag Kitty, die Arme unter dem Kopf, in ihrem Bettchen und träumte ihrerseits in die Zukunft hinein, glücklich bis in jede Fingerspitze, aber bescheiden und still – eine Zukunft, in der sie Hand in Hand mit ihm denselben Weg gehen würde, einen ganz schmalen Weg, aber rechts und links mit Blumen besetzt, nach denen sie sich bücken mußten, um sie zu pflücken – ja, sich tief bücken. Aber je tiefer sie sich danach bückten, um so mehr freuten sie sich daran.

Hand in Hand – Hand in Hand – bis in den Sonnenuntergang hinein!

* * *

Anna Marie sitzt in ihrem Zimmer und schreibt Briefe. Es ist die Beschäftigung, die ihr im Leben infolge ihres großen Bekanntenkreises am meisten Zeit wegnimmt. Ihre massenhafte Korrespondenz ist die Steuer, welche sie für ihre Beliebtheit zahlt.

Kitty kniet unten im Garten vor einem Gemüsebeet, in das sie abwechselnd mit einem spitzigen Stück Holz Löcher bohrt und aus einem blauen Papiersäckchen Samen streut. Sie trägt eine verwaschene, rot ausgenähte blaue Ärmelschürze, die noch von ihrer Pensionszeit herrührt und ihre biegsame, junge Gestalt völlig einhüllt, ein Paar hirschlederne Handschuhe, mit denen sie ungeniert in der Erde wühlen kann, und einen großmächtigen Strohhut. Ein dicker, brauner Dachshund, dem ihre kauernde Position befremdlich erscheint, springt laut bellend um sie herum und setzt seine dicken Vorderpfoten abwechselnd auf ihre Schultern und auf ihren Rücken. Das ist ihm gnädigst gestattet. Wenn er sich aber unterfängt, seine Pfoten in das schön geglättete, wie geriebene Schokolade aussehende Gemüsebeet zu pflanzen, das seine Herrin bearbeitet, dann – wird ihm eine fürchterliche Strafpredigt zu teil.

Mit dem herrschaftlichen Schloßgarten von Ulmenhof hat der Garten, in dem Kitty arbeitet, nichts gemein. Hinter dem Haus ziehen sich großmächtige, rechtwinklige Beete, von Salbei, Lavendel und Erdbeeren eingefaßt und in kleinere, von winzigen Pfaden getrennte Felder abgeteilt, aus denen hohe, alte Obstbäume aufragen, wahre Patriarchen von Obstbäumen; Birnbäume, etwas schwerfällig, mit umfangreichem Stamm und ziemlich regelmäßig gebauten Kronen, ganz übersät von dichten Blütenbüscheln, weiß wie Engelsflügel, aber einen widerlichen Hauch ausatmend; Apfelbäume von viel unregelmäßigerem Wuchs mit graugrünen, flaumigen Blättchen, zwischen roten Knospen und rosigen Blüten, Blüten mit dunkelgelben Staubfäden und seinem scharfem Geruch; Pflaumenbäume, in kleinwinzige, betäubend süß duftende weiße Blüten eingehüllt; und zu Füßen der Obstbäume grelle Sonnenfünkchen mitten zwischen dem grauen Schattenteppich herumtanzend, und in ihren blühenden Kronen ein Heer von

Finken, die lustig ein Loblied des Frühlings singen – so sieht es um Kitty herum aus.

Kitty singt mit den Finken um die Wette, nur viel weicher und süßer als sie. Mit einemmal verstummt sie – sieht auf. Ein langer Schatten zieht sich über den Kies bis zu ihren Füßen hin, und hinter dem Schatten steht ein junger Offizier, die Hand an der Mütze, lächelnd und von Glück und Lebenslust strahlend. Sie stößt einen kleinen Freudenschrei aus, dann ihren Blick in den seinen tauchend, murmelt sie nur: »Ach, wie lieb!« Bei ihrer raschen Wendung ist ihr der Hut vom Kopf gefallen. Waldmann, der Dachshund, ergreift sofort die Gelegenheit, ihn zwischen die Zähne zu nehmen und mit ihm davon zu galoppieren – der junge Offizier will ihm nach, um ihm seine Beute zu entreißen, aber Kitty ruft: »Laß ihn, es ist ein alter Hut«, und sie zuckt mit den Achseln.

»Verschwenderin!« bemerkt Altenried, ihr mit dem Finger drohend, »so bereitest du dich darauf vor, die Frau eines armen Lieutenants zu werden!«

Noch immer auf der Erde kauernd, mit der einen Hand auf den roten Kies gestützt, sieht sie zu dem jungen Mann auf und lacht: »Ob ich mich darauf vorbereite! Sieh nur« – sie deutet auf ein langes Stück Erde – »das habe ich alles mit Gemüse bepflanzt. Es ist reizend, sein eigenes Gemüse zu pflanzen, und es kommt so billig. Wenn wir verheiratet sind, werde ich den Gemüsegarten allein bestellen.«

Was für ein entzückendes Geschöpfchen! Ihr weiches, volles und doch durchdringendes Stimmchen allein könnte genügen, ihn um den Verstand zu bringen; jedes Wort, das sie spricht, tut ihm wie eine Liebkosung wohl und regt ihm zugleich alle Nerven auf. Am liebsten möchte er sie in die Arme schließen und mit ihr bis an das äußerste Ende der Welt fliehen – irgend wohin, wo ihn niemand mehr in der vollständigen, ungestörten Besitznahme ihrer bezaubernden kleinen Persönlichkeit stört. Und während ihm dieser wilde Traum in den Adern spukt, steht er wohlerzogen und ruhig vor ihr und sagt: »Wenn wir verheiratet sind, werden wir wahrscheinlich gar keinen Garten haben.«

»So!« meint Kitty, »das ist schade«; dann gleichmütig die Achseln zuckend, ruft sie: »aber wenigstens ein paar Blumentöpfe vor den Fenstern, das ist auch schön!«

»Hm! es scheint, daß nichts im stande ist, dir die Freude an unserer armseligen Zukunft zu verkümmern«, sagt Altenried und lacht gerührt, ohne jedoch den Schatten wegzulachen, der seine Augen verdunkelt.

»Nichts!« sagt sie. Sie ist jetzt aufgesprungen und sieht ihm forschend so zu sagen bis in die Seele hinein. »Nichts!« wiederholt sie etwas leise, und dann setzt sie plötzlich hinzu: »nichts, als deine langen Gesichter.«

»Ich hab eben Sorgen für zwei, Kitty«, murmelt er, »und wenn ich mir vorstelle, wie du für den Luxus geschaffen bist, drückt mich meine Armut, das ist wahr.« Bei diesen Worten will er den Arm um sie legen, sie aber wehrt ihn heftig von sich ab.

»So sprich doch nicht immer von deiner Armut«, ruft sie zornig; »glaubst du etwa, ich hätte mich dir genähert, wie ich's getan hab, wenn du ein reicher Mann gewesen wärst? Nein! niemals hätt ich's getan; das versteht sich von selbst. Reiche Menschen haben immer Freunde mehr als genug, aber du ... um dich war mir so leid; ich dachte, es würde dir ein Trost sein, jemand zu haben, der an dir teilnimmt, jemand, der sich auf dich freut, wenn du müde vom Dienst nach Hause kommst, jemand, der dir deine Existenz zurecht rückt und sie ausschmückt, so gut es geht. Aber wenn du vor ein paar erbärmlichen Sorgen zurückschreckst, so ist ja das alles nicht nötig. Weiß Gott nicht. Es kann ganz gut beim alten bleiben. Ich werde mich nur in Grund und Boden schämen dafür, daß ich mich dir an den Kopf geworfen hab, aber – sterben werde ich daran nicht! Adieu!« Und damit wendet sie sich großartig ab und will von dem jungen Mann forteilen und bricht beim dritten Schritt in Tränen aus.

Als ob er sie gehen ließe!

»Kitty!« ruft er, sie trotz ihres heftigen Widerstandes in die Arme schließend, »Kitty, du hast recht, hundertmal recht; ich hätte dein Opfer ruhig und dankbar hinnehmen müssen, anstatt kleinlich an dessen Größe herumzumessen; aber begreifst du denn nicht, daß es traurig für mich ist, alles zu nehmen und nichts geben zu können, nichts als Plage und Entbehrungen! Das sind meine Brautgeschenke, Kitty!« Und dabei hält er ihren Kopf an seine Schulter und sieht sie an, sehr traurig und unendlich zärtlich.

Sie schließt die Augen und murmelt: »Entbehrungen gibt es für mich keine neben dir, und die Plage kann mich nur freuen!«

Indem veranlaßt das Rauschen eines weiblichen Gewandes die beiden sehr ineinander vertieften jungen Leute, aufzusehen.

Anna Marie ist's, die auf sie zukommt, wie gewöhnlich überquellend von Teilnahme und Wohlwollen, dennoch nehmen ihre Züge bei dem unerwarteten Anblick Altenrieds einen auffällig befremdeten Ausdruck an. Sie beantwortet die ehrerbietige Verbeugung des jungen Mannes nur flüchtig, und sich an Kitty wendend, sagt sie: »Kitty, ich begreif eigentlich nicht recht, wie du Baron Altenried empfangen konntest, ohne mich zu avisieren. Ich hab dir gestern bewiesen, daß ich dir keine unnützen Hindernisse in den Weg legen will, aber schließlich mußt du mir doch auch einiges Vertrauen entgegenbringen.«

»Die Schuld würde in jedem Fall eher mich treffen als Kitty«, wirft Altenried ein, »aber ich versichere Ihnen, daß es mir gar nicht eingefallen wäre, meinen Besuch zu verheimlichen, weder vor Ihnen noch vor irgend jemand, gnädiges Fräulein. Ich war eigentlich gekommen, um bei Herrn Wißmuth um die Hand Kittys anzuhalten. Man sagte mir, er sei heute nach Frankfurt gefahren.«

»Und das ist er auch«, murmelt Kitty. »Er geht alle Mittwoch nach Frankfurt, es kommt uns dies heute sehr gelegen.«

»Warum?« fragt etwas beunruhigt Altenried.

»Weil dich infolgedessen Anna Marie auffordern kann, zum Essen zu bleiben.«

»Und wenn dein Vater zu Hause gewesen wäre, so hätte sie das nicht dürfen?« fragt Altenried trocken.

»Wer kann wissen? Mein Vater ist unberechenbar«, sagt gleichmütig, die Achseln zuckend, Kitty.

»Du scheinst dich darauf gefaßt zu machen, daß dein Vater meine Werbung abweist«, ruft der junge Mann etwas empfindlich.

»Möglich ist's«, gesteht Kitty kleinlaut.

»Ja, aber was dann?« fährt er auf.

»Dann wird es doch dazu kommen, was ich gestern umgehen wollte«, sagt Kitty mit einem komischen Seufzer, »wir werden aufeinander warten müssen, bis wir ein Paar grauhaarige verschrumpfte Mumien sind.«

»Aber Kitty!« ruft Altenried, »ich begreife nicht, wie du über so etwas lachen kannst.«

»Wie soll ich nicht lachen«, erwidert ihm Kitty, »wenn ich so fröhlich bin. Mein Gott, ich kann mir nichts Trauriges vorstellen, solange du neben mir bist, und rings um mich herum blühen die Bäume und die Vögel singen. – Das Leben ist so schön – selbst wenn wir ein bißchen aufeinander warten müssen, auch das wird noch schön sein. Nur zu wissen, daß du auf der Welt bist und an mich denkst, ist schön!« Und da er nicht sofort antwortet, legt sie ihm die Hand auf die Schulter und sagt treuherzig und mutwillig: »Gar zu lang wird's übrigens auf keinen Fall währen. Der Papa hat in nichts Ausdauer, nicht einmal in der Unvernunft. Eines schönen Tages werd ich ihm unbequem geworden sein, und dann gibt er mich einem jeden, der mich will – selbst dir.«

»Selbst mir!« murmelt Altenried mit einer Bitterkeit, die Kitty nicht begreift; nur daß sie ihn verletzt hat, bemerkt sie und möcht's ihm abbitten um jeden Preis.

»Hans!« flüstert sie leise.

»Ich begreife eigentlich nicht, auf welchen Grund hin mich dein Vater abweisen wollte«, fährt er auf; »einzuwenden ist schließlich gegen mich nichts, als daß ich wenig Vermögen zu erwarten habe, und wenn *dir* das recht ist ...?«

»Ob mir's recht ist, Hans, mein lieber, böser Hans!«

»Nun dann ...« Er ballt die Faust. Die Tochter Herrn Wißmuths lieben, die Tochter Herrn Wißmuths heiraten – das war eine Sache für sich – Kitty war anbetungswürdig – aber sich von diesem erbärmlichen Herrn Wißmuth abweisen lassen, nur weil er nicht so viel Geld hatte wie der gemeine Protz, dem jetzt Ulmenhof gehörte, das war unerträglich!

Indem hörte man eine schrille Glocke, die zu Tisch rief.

»Fordere ihn auf, mit uns zu essen, Anna«, bat Kitty, »was der Morgen uns bringt, wissen wir nicht; gönn uns zum wenigsten den einen Tag! Gönn uns den Tag!«

Und Anna gönnte ihnen den Tag!

* * *

Der Morgen brachte nichts Gutes. Herr Wißmuth war in sehr gereizter Stimmung heimgekehrt aus Frankfurt, und dies hauptsächlich deshalb, weil Herr Förster, dem er in der Einfahrt des »Englischen Hofs« begegnet, mit einem kurzen Gruß an ihm vorübergegangen war, ohne ihm Zeit zu gönnen, ihn anzusprechen. Frau von Manz, welcher er seinen Besuch abstattete, hatte ihn über den Grund der plötzlich mit Herrn Förster vor sich gegangenen Veränderung aufgeklärt.

»Der Förster wird doch nicht ein junges Mädche heirate, das mit einem fremde Offizier in de Mondschein hinauslauft. An und für sich ist nicht viel dabei, aber – es beweist nur, daß sie de Förster nit mag.«

Dies war die Ansicht der Frau von Manz.

Herr Wißmuth fand, daß sehr viel dabei war, und das gab er seiner Tochter sofort bei seiner Rückkehr von Frankfurt zu verstehen. Als den nächsten Morgen Altenried bei ihm vorsprach und um Kitty anhielt, um sie anhielt mit der warmherzigen Innigkeit, die er seiner Natur, mit dem ritterlichen Ernst, den er seiner Erziehung verdankte, wies ihn Herr Wißmuth ab; ja, wies ihn ab, nicht ruhig, vernünftig, mit einer Vertröstung auf die Zukunft und der Aufforderung, sich ein wenig zu gedulden und indessen Beweise von seiner Tüchtigkeit und der Tiefe seiner Neigung für Kitty zu geben, das hätte der junge Mann allenfalls begriffen. Nein, seine Abweisung war schroff, roh und dumm.

»Ich bin ein bescheidener Mann«, sagte Herr Wißmuth, indem er sich bemühte, den jungen Offizier, den er nicht aufgefordert hatte, sich niederzusetzen, von oben herab anzusehen, »ich habe keinen Ehrgeiz. Ein schlichter Bürgerlicher genügt mir zum Gatten meiner Tochter. Ich brauche keinen adeligen Schwiegersohn, dessen Kinder es sich eines Tages in den Kopf setzen könnten, ihren Großvater zu verachten. Ich habe zwar selbst ein Mädchen aus adeliger Familie geheiratet, aus sehr guter adeliger Familie, aber das war etwas anderes. Sie hat sich in allem und jedem nach mir richten müssen, und nicht ich nach ihr. Im übrigen, Herr Baron, befinden Sie sich mir gegenüber in einer gelinden Täuschung, ich meine meinen Vermögensverhältnissen gegenüber. Ich bin kein reicher Mann; die Repräsentation zwingt mich zu gewissen Opfern, welche ich bringe – Kitty zuliebe bringe – aber mir einen adeligen Schwiegersohn anzuschaffen, dazu bin ich nicht reich genug. Ich glaube, wir gehen jeder unsere Wege, und je weniger wir Worte verlieren über Ihren mich sehr ehrenden Antrag, desto besser!«

Auf so etwas hätte es eigentlich nur eine Antwort gegeben – einen Schlag ins Gesicht; da Altenried denselben dem Vater Kittys nicht erteilen konnte, blieb die wohlgesetzte Rede Herrn Wißmuths ohne jegliche Erwiderung.

Um einen Tag später verließ Altenried die Gegend.

Sein Zorn gegen den alten Wißmuth ging so weit, daß er sich vornahm, sich seine Liebe zu Kitty aus dem Herzen zu reißen. Er versuchte nicht einmal, sie noch zu sehen, teilte ihr nur brieflich die ihn geradezu beschimpfende Abweisung, welche seine Werbung erfahren, mit. Dann schrieb er vierzehn Tage nicht, und dann …? Nun, dann kam eines schönen Morgens ein dicker Brief an Anna Marie, in dem sich ein acht Seiten langes Manuskript für Kitty befand. Nein, er konnte es nicht aushalten ohne Nachricht von seinem Sonnenstrahl, seiner süßen Frühlingsblüte! Er hatte ein ganzer Mann sein und nichts mehr von sich hören lassen wollen, bis er Kitty mit Fug und Recht aus dem Vaterhause hätte abholen können, aber es ging doch nicht. Nur eine Zeile von ihr alle acht Tage einmal, nur einen Gruß, mehr brauchte er nicht, um sich mit seiner momentan recht drückenden Existenz auszusöhnen – aber das brauchte er. Wie reizend er schrieb!

In jedem Verliebten steckt ein Dichter, das ist eine alte Geschichte; aber heutzutage sind so wenig Menschen wirklich verliebt!

Kitty schlief drei Tage nicht vor Freude über den wunderschönen Brief.

Herr Wißmuth war indessen überzeugt, daß alles aufs beste eingeleitet sei und daß Kitty schließlich doch die Frau des Herrn Förster werden würde. Er wühlte im vorhinein mit Wollust in der Goldgrube, als welche ihm das Vermögen seines Schwiegersohnes erschien.

»Die Welt geht ihren Weg, die Welt geht ihren Weg, wir erreichen gewiß unser Ziel!« versicherte er alle Tage schmunzelnd Anna Marie – und Anna Marie schwieg.

Herr Förster tat indessen durchaus nichts dergleichen. Der Umstand, daß Kitty einen blutarmen Teufel seiner Herrlichkeit vorzuziehen wagte, hatte seine Eitelkeit ins Schwarze getroffen. Er tat jetzt, was er konnte, um seine früher offen zur Schau getragene Neigung zu ihr abzuleugnen, äußerte sich wegwerfend und abfällig über sie gegen alle, die ihn anhören mochten, und zerwarf sich mit allen denjenigen, welche sich unterfingen, ihn an den Umstand zu erinnern, daß er sich einmal für Kitty interessiert habe. Kurz, er benahm sich genau so, wie ein nur mühsam kulturbeleckter Rüpel, dessen innere Roheit durch eine starke Gemütsbewegung aus der Tiefe an die Oberfläche seiner Natur heraufgewühlt worden ist, sich in dem gegebenen Falle benehmen mußte.

Um sich zu zerstreuen und von sich reden zu machen, ließ er das Schloß in Ulmenhof vom Flur bis zum Dachfirst durch einen künstlerischen Frankfurter Tapezierer renovieren, spendete große Summen zur Einrichtung eines Hospitals, betätigte auch noch anderweitig eine höchst effektvolle Wohltätigkeit, fuhr täglich mit einem recht vergnügten Gesicht und glänzender Equipage an Kittys Fenstern vorüber und machte Emma Becker den Hof, erweckte in ihr die lockendsten Hoffnungen, die sich leider nach einiger Zeit als unbegründet erwiesen.

Anna Marie blieb, ohne viel Worte zu machen oder Herrn Wißmuth mutwilligerweise zu erbittern, auf Kittys Seite. »Eine sympathische Umgebung ist der einzige Luxus, den zu entbehren mir in diesem Leben je schwer gefallen wäre«, sagte sie oft achselzuckend zu sich selber. »Für Kitty würde es wohl ebenso sein!«

Und indessen geht die Welt ihren Weg, wie Herr Wißmuth richtig behauptet. Aber wohin dieser Weg führt, das ahnt er nicht, das ahnt wohl keiner im Deutschen Reich, während der Blütenzauber des Frühlings 1870 langsam von den Bäumen herunterweht.

* *
*

Die Obstbäume haben längst ihr duftiges weißes Blütenkleid mit einem ernsten, eintönigen grünen Blättergewand vertauscht und hängen voll kleiner, harter und vorläufig noch sehr saurer Früchte, die Heckenrosen am Wegsaum sind verblüht, die Gartenrosen erheben ihre stolzen Häupter rot, weiß, blaßrosa, gelb mit rötlichem Schimmer. Welche Fülle von Rosen! – nirgends blühen sie schöner als an dem Fenster Kittys, das heißt dem einen ihrer zwei Fenster, das in den Garten sieht, denn die zwei anderen Fenster von Kittys Schlafzimmer – es ist ein Eckzimmer – sind kahl, die gehen auf die Straße hinaus.

Zwei wunderschöne weiße Rosen haben sich frisch entfaltet über Nacht, zwei weiße und eine blutigrote. Kitty sieht von ihrem Schreibtisch hinweg, wo sie eben im Begriff steht, einen Brief zu schreiben, zu den Rosen hinüber, die im hellen Julisonnenschein wie Edelsteine glühen. »Wenn Hans die sehen könnte!« denkt sie bei sich, wie sie immer an Hans denkt, sobald ihr irgend etwas Hübsches oder Liebes im Leben begegnet – da hört sie die Stimme ihres Schwagers. Was hat der hier zu tun so unerwartet? Wäre ihrer Schwester vielleicht ein Unglück zugestoßen? Ihr immer nur allzu leicht beunruhigtes

Herz klopft hochauf. Nein, um die Schwester handelt es sich nicht. Jetzt hört sie den Schwager deutlich sagen: »Diesmal ist's Ernst! – ein Telegramm aus Berlin – die Armee mobilisiert.« Kitty zittert am ganzen Leibe.

»Eine Deroute auf der Börse, wie ich sie seit sechsundsechzig nicht erlebt. Das bedeutet Krieg!«

»Ja, das bedeutet Krieg«, erklärt Herr Wißmuth wichtig.

»Hab ich eine Nase«, berühmt sich Herr Sadis, »seit vierzehn Tagen spekulier ich auf Baisse – famos!«

»Du imponierst mir«, erklärt Herr Wißmuth.

Kitty steht inmitten des Zimmers, blaß und zitternd. Hat sie richtig gehört? Krieg ... Krieg ... ach, wer weiß, was für ein Krieg das sein mag – ein Krieg zwischen Rußland und Persien – ein Krieg zwischen Rußland und Österreich und der Türkei ... Da tritt Anna Marie zu ihr, sehr bekümmert. Drei Schritte macht ihr Kitty entgegen, dann bleibt sie stehen, macht eine kleine unbeholfene Bewegung mit den Armen wie ein angeschossener Vogel, der die Flügel regt und nicht mehr fliegen kann, und murmelt: »Die Armee mobilisiert – welche Armee?«

»Die preußische«, sagt Anna Marie.

* * *

Sie hatte nichts davon geahnt, nein, nichts von dem, was seit mehreren Tagen in allen Zeitungen stand, daß ein hohenzollernscher Prinz sich die Krone von Spanien hatte aufs Haupt setzen wollen, die Krone, die, ein Angelhaken für unternehmende junge Fürsten mit Hang zum Regieren und ohne momentane Beschäftigung, damals fast so zudringlich feilgeboten wurde wie heute die Krone von Bulgarien – daß Frankreich eingeschritten war, hochmütig, schroff, aufreizend, und Deutschland ihm durch eine kriegerische Demonstration geantwortet hatte, durch ein einschüchterndes Säbelrasseln. Wie hätte sie das wissen sollen, sie las ja keine Zeitung, sie kümmerte sich nicht um Politik. Wer sollte ihr davon reden? Die einzige, die es hätte tun können, war Anna Marie, aber die hütete sich wohl. »Es hat Zeit, es hat Zeit«, sagte sie sich, »wer weiß, vielleicht ziehen die Wolken vorüber, sie sind schon oft vorübergegangen, wozu die Kleine beunruhigen!«

Aber die Wolken zogen nicht vorüber, das Wetter stieg empor finster und schnell, ehe man sich's versah, war auch schon der ganze Himmel schwarz, am 19. Juli war der Krieg erklärt!

Ja, der Krieg war erklärt zwischen Frankreich und Preußen! So sagte man damals, denn an Deutschland hatte man längst zu glauben aufgehört.

Was war denn Deutschland? – ein theoretischer Begriff, der außer Kurs gekommen war, weil sich keine praktische Substanz dahinter verbarg; etwas, das Geographie studierenden Kindern viel Kopfzerbrechen verursachte und von dem die wenigsten vermochten, es deutlich zu erfassen. Deutschland – Deutschland! – früher war es allenfalls etwas gewesen, etwas Mächtiges, Großartiges, ja fast mystisch Poetisches; jetzt aber – jetzt war es eine Art politisches Aquarium mit größeren und kleineren Fischchen, von denen jedes nach seinem eigenen Kopfe mit dem Schwänzchen zappelte und von denen nie zwei Lust hatten, sich zu einer gemeinsamen Aktion zu vereinigen. Anno sechsundsechzig hatte der preußische Hecht zwar eine ganze Reihe der kleineren Fischchen verschlungen, aber die Fischchen hatten es ihm sehr übel genommen und zappelten in seinem Magen gewaltig weiter, ja setzten alles daran, ihn zu veranlassen, sie wieder auszuspeien.

Die Freiheitskriege hatte man vergessen, während in Frankreich Malakoff und Solferino die Siegeslegende der großen Armee von neuem belebt hatten.

Keiner von den politischen Zuschauern, den neutralen Mächten hätte damals auf Deutschland gewettet; der einzige, der an dem Siege Frankreichs zweifelte, das war der Kaiser der Franzosen selbst und ein paar hellsehende Männer, die ihn gewarnt, ohne es vermocht zu haben, ihn vor seiner eigenen Schwäche zu retten.

* * *

Kitty stellte keine Betrachtungen an über die politische Lage; ob Preußen mit Frankreich kämpfen sollte oder mit der Türkei oder mit Afghanistan, war ihr einfach gleichgültig. Es kämpfte, es rief seine Söhne unter die Fahnen, und das Leben seiner Söhne, das Leben Hans von Altenrieds war gefährdet. Das war alles, was sie von der politischen Situation verstand.

* * *
  *

Fräulein von Mühlhausen saß in ihrem kleinen Stübchen, in dem es ziemlich wüst aussah, obgleich es längst elf Uhr geschlagen hatte; die Ilias in der Voßschen Übersetzung vor sich aufgeschlagen, eine Tasse Kaffee neben sich. Der Kaffee blieb ungetrunken und die Ilias wurde nicht umgeblättert; Fräulein von Mühlhausen war nicht in der Stimmung, sich ihrer physischen und geistigen Ernährung zu widmen. Ihr ganzes Sein ging wieder einmal auf in ihrer Verzweiflung darüber, daß *sie*, Hildegard von Mühlhausen, kein Mann war. Seit der Kriegserklärung grämte sie sich darüber mehr als je.

Ihr Zimmerchen war hauptsächlich mit Photographien nach Raphael und Michelangelo möbliert, die uneingerahmt und nur mit Reißbrettnägeln befestigt an der Wand hingen, im übrigen mit Disteln, für welche sie eine ausgesprochene Vorliebe hegte und von denen sie einen großen Vorrat aus der Campagna mitgebracht zur Erinnerung an eine italienische Reise, die den Glanzpunkt in ihrem Leben gebildet hatte. Mitten zwischen all dem Kehricht hing eine Photographie von ihr selbst und zwar im neapolitanischen Kostüm.

Da das kleine Gemach sonst reichlich mit Staub und Spinngeweben garniert war, so machte es im ganzen mehr den Eindruck eines Ställchens als den einer Wohnstube.

Fräulein von Mühlhausen seufzte allenfalls über diesen Übelstand, wenn sie ihn bemerkte, was nur anläßlich eines Zusammenpralls mit der Außenwelt geschah, aber sie tat nichts, um ihn zu ändern, dazu war sie viel zu erhaben und zu faul.

Was sie allenfalls geleistet hätte, wenn sie als Mann auf die Welt gekommen wäre, wird bis in die Ewigkeit hinein eine offene Frage bleiben. Als Frau leistete sie nicht viel, sie war weichlich, stand spät auf, liebte das Wohlleben über alles und verausgabte alle ihre hervorragende Tatkraft im Konditional.

Draußen regnete es in Strömen.

»Ach, wenn ich nur ein Mann wäre!« schrie Fräulein von Mühlhausen ins Leere und rang ihre kleinen Hände. Sie war fest überzeugt, daß sich in diesem Falle die sämtlichen Vorzüge Bismarcks, Moltkes und des Königs in ihr vereinigt hätten.

Da klingelte es sehr scharf. »Um Gottes willen, wer kann denn das sein?« rief sie entsetzt und hielt die Falten ihres fleckigen, himmelblauen Morgenrocks über dem Magen zusammen. Es klingelte noch einmal, noch schärfer.

Hildegard erhob sich seufzend.

»Auguste!« rief sie in ihre Schlafstube hinein, wo ihr dienstbarer Geist beschäftigt war, »haben Sie nicht klingeln gehört?«

Auguste hatte nichts gehört, sie stand, den Kehrbesen und einen Staubfetzen in der Hand, beim Fenster und las Wallensteins Tod.

Auguste war ein Erziehungsresultat Hildegards, die sich ihrer von Jugend auf angenommen, wofür sich Auguste dadurch erkenntlich zeigte, daß sie Fräulein von Mühlhausen jetzt umsonst, das heißt für Kost, Wohnung und Kleidung bediente. Leider war sie um einen halben Kopf kleiner als Hildegard, dabei aber schönheitswidrig breiter, weshalb ihr die abgelegte Garderobe Fräulein von Mühlhausens sonderbar saß. Sie wischte den Staub nie auf und machte das Bett häufig erst nachmittags, aber alle ihre Mängel deckte sie in den Augen ihrer Herrin durch eine schwärmerische Vorliebe für Schiller. Daß sie neben dieser Vorliebe für Schiller eine ausgesprochene Vorliebe für Unteroffiziere besaß, ahnte Hildegard nicht.

»Machen Sie doch auf, es klingelt zum drittenmal«, rief Hildegard ärgerlich; »ich komme ja rein um die Ohren! Öffnen Sie doch!« Selber zu öffnen, wäre Fräulein von Mühlhausen als eine Entwürdigung erschienen. Die Möglichkeit war ihr vielleicht einfach noch nicht eingefallen.

Auguste öffnete. Draußen in der Küche, die zugleich als Vorzimmer diente, hörte man Säbelgeklirr. Die kriegerische Mühlhausen fuhr auf. Indem legte sich eine Hand auf die Klinke ihrer Tür. »Darf ich herein, Hilde?« fragte ziemlich schroff eine tiefe männliche Stimme. »Hans!« rief Hildegard sehr aufgeregt und trat ihm entgegen.

Trotz ihrer großen Verachtung des männlichen Geschlechts, einer Verachtung, die etwas schwer zusammenzureimen war mit ihrer schreienden Verzweiflung darüber, nicht als Mann auf die Welt gekommen zu sein, hatte Hildegard eine Schwäche für ihren Vetter von Altenried. Keiner, der ihn an diesem verregneten Julitag zu ihr hätte hereinstürmen sehen, hätte ihr das verübelt. Die Augen glänzten ihm aus dem Gesicht heraus, seine Wangen waren brauner, seine Brust schien breiter als im Frühjahr. »Grüß Gott, Hilde!« rief er munter, indem er seine vom Regen triefende Mütze auf den Tisch warf mitten zwischen ihren Homer und ihren kalten Kaffee. »Verzeih, daß ich dir so viel Wasser in die Wohnung mitbringe, mein Mantel richtet in der Küche draußen eine ganze Überschwemmung an. Na, wie geht's?«

»Wie's eben einem armen Geschöpf gehen kann, das verurteilt ist, hinter den Coulissen der Weltbühne einem glänzenden Schauspiel, bei dem ihm keine Rolle zugefallen ist, zusehen zu müssen!«

»Arme Hilde!« rief er etwas humoristisch aus.

»Ja, arme Hilde, fürwahr!« wiederholte die Mühlhausen tragisch. »Wie ich dich beneide, du spielst mit, du hast deine Rolle in dem Stück!«

»Eine kleinwinzige Rolle, aber endlich; auch die muß anständig durchgeführt werden!« rief Altenried, »ein jeder tut, was er kann!«

»Wenn's nur jeder täte«, seufzte Hildegard elegisch, »an dir hatte ich keine Zweifel, du bist ein echter Altenried, und ein Altenried tut seine Pflicht.«

»Mach doch keine Phrasen über etwas, das sich von selbst versteht«, schnitt ihr der junge Offizier unwillig in ihren Redefluß hinein.

»Aber du freust dich doch auf den Krieg?« rief Hildegard zudringlich.

»Natürlich freu ich mich«, sagte er einfach, »das heißt« – er kraute sich hinter dem Ohr – »auf dem Gewissen möcht ich ihn nicht haben, den Krieg; aber ich freu mich, mittun zu dürfen. Ein jeder freut sich, wenn er einmal die Gelegenheit findet zu zeigen, was allenfalls in ihm steckt. Und dann ist es ein großartiger, ein edler Krieg, man ist mit dem ganzen Herzen dabei. Nur um die arme Kitty ist mir leid!«

Er hatte sich in einen Lehnstuhl, ein spindelfüßiges Möbel, das noch aus der Zeit der französischen Invasion zu stammen schien, niedergelassen und legte die verschränkten Arme vor sich auf den Tisch.

»Wir haben Marschbefehl bekommen, vor drei Tagen – in Homburg hatten wir heute sechs Stunden Rast – ich hab mich frei gemacht, um herüberzukommen. Du weißt, wie ich mit dem alten Wißmuth stehe – hast du etwas dagegen, daß ich die Kleine hier erwarte, um Abschied zu nehmen?«

Fräulein von Mühlhausen zog die Mundwinkel herunter; sie hatte sich der Täuschung hingegeben, ihr Vetter sei gekommen, um von *ihr* Abschied zu nehmen – davon erwähnte sie natürlich nichts – sie warf nur ihren zerzausten, heute noch nicht frisierten Kopf zurück und meinte: »Du weißt, ich bin nicht wie die sentimentale Hohleisen, ich habe kein Interesse an Liebesaffairen, und deine Verlobung mit der kleinen Wißmuth ist nicht nach meinem Geschmack – im übrigen ...«

Von neuem hörte man draußen klingeln. Ohne der Liebenswürdigkeit seiner Base weitere Aufmerksamkeit zu schenken, eilte Altenried hinaus. Kitty und Anna Marie standen in der kleinen, nach Seifenschaum, dumpfigem Holz und fettigen, ranzigen Überbleibseln riechenden Küche. Kitty war totenblaß, sie zitterte am ganzen Leibe. »Aber Kitty!« rief Altenried; anfänglich irrte sein Blick etwas unruhig an Hildegard und ihrem dienstbaren Geist herum, deren ihn aufmerksam beobachtende Gegenwart ihn einzuengen schien, dann sah er nichts mehr als Kitty. Er nahm sie in seine Arme und zog sie in das mit Disteln und Staub garnierte Wohnzimmer hinein. Hildegard wollte ihm folgen, Anna Marie aber packte sie beim Arm. »Haben Sie denn gar keine Barmherzigkeit in sich?« fuhr sie die kriegerische alte Jungfer an. Wenn es sich darum handelte, die Ruhe eines Kranken oder eines Unglücklichen zu hüten, zeigte sich Anna Marie energisch.

»Ist es denn passend?« rief Hildegard zimperlich.

Da aber maß sie Anna Marie vom Kopf bis zu den Füßen mit einem wahrhaft vernichtenden Blick, worauf Fräulein von Mühlhausen ein wenig errötete und ihre unanständige Prüderie momentan an den Nagel hing.

Sie blieben ungestört. Er hatte sie zu dem Sofa geführt, auf dem Hildegard gesessen – ein schmales, spindelbeiniges Ding, mit hartem Roßhaarstoff überzogen – offenbar in naher Verwandtschaft zu dem Lehnsessel stehend.

»Aber Kitty!« sprach er leise, fast vorwurfsvoll, »ist das eine Aufführung für eine Soldatenbraut?«

»O, ich weiß, es ist schlecht von mir«, erwiderte sie, sich mühsam fassend, »erbärmlich, dir so den Mut zu nehmen!«

»Mir den Mut zu nehmen? ... Aber Kitty, glaubst du, daß du das könntest?« rief er, die Stirne runzelnd, entschieden unzufrieden, fast streng.

Sie legte die Hand an die Stirn. »Mit mir darfst du nicht rechten«, sagte sie matt, als ob ihr von vielem Weinen schwindelte, »ich bin nicht mehr bei mir, wahrscheinlich red ich Unsinn – ich weiß nicht mehr, was ich gesagt habe.«

Die Luft in dem niedrigen Stübchen war dumpf und drückend. Altenried erhob sich, riß eins der morschen Fenster auf, ein Fenster, aus dessen Rahmen es durch tausend Ritzen hereinzog und an dem er doch mit Berserkerkraft rütteln mußte, ehe es aufging. Über eine Palissade von Kaktussen hinüber, die stachelig und plump den Sims verzierten – es waren die Lieblingsblumen Hildegards –, strich die Regenluft in das Zimmer, feucht und kühl.

»Kitty! sei vernünftig, bedenke, wie viele Frauen und Mädchen sich in deinem Fall befinden«, redete Altenried, sie enger an sich ziehend, in sie hinein.

Sie hob den Kopf. »Ja«, murmelte sie, indem sie mit starren entsetzten Augen vor sich hinblickte, »wie viele – Tausende – Hunderttausende – Hunderttausende – Hunderttausende!« Sie wiederholte mechanisch das eine Wort, obgleich es längst jeden Sinn für sie verloren hatte.

Es ging ihm kalt durch alle Glieder, zum erstenmal begriff er, was der Krieg eigentlich mit sich brachte.

»Es ist eine schwere Zeit, Kitty!« murmelte er etwas heiser, »gut, ich gesteh dir's zu – aber eben darum muß jeder seinen Teil tapfer tragen – du zu Haus so gut als wir anderen im Feld.«

»Hans, da predigst du umsonst«, rief sie, sich gerade aufrichtend, mit einer kurzen, abwehrenden Handbewegung, »laß es lieber bleiben. *Die* Tapferkeit, die darin besteht, hinter sicheren Mauern geborgen, die Hände in den Schoß zu legen und sich nicht zu fürchten um das Leben derer, die draußen im Kugelregen stehen, die wirst du mir nicht beibringen. Versuch's nicht!«

Da predigte er nicht mehr – aber er suchte sie hoffnungsvoll zu stimmen. Sie sollte sich freuen, daß ihm Gelegenheit geboten würde, sich auszuzeichnen – die Hindernisse, welche seiner Verbindung mit ihr im Wege standen, würden in sich zerfallen – er würde avancieren, man avanciert nur rasch im Krieg.

Wieder unterbrach sie ihn. »Dein Trost ist bitter, Hans, man avanciert, weil die Kugeln Platz machen«, sagte sie. »Sprich nicht mehr davon!«

Und wie er sie hilflos und traurig ansah, da legte sie ihre beiden Arme um seinen Hals und flüsterte: »Sprich gar nichts mehr, es ist nichts mehr zu sagen, laß mich nur still neben dir bleiben und mich an dir freuen bis zum letzten Augenblick, das ist alles, was du für mich tun kannst. Wie viel Zeit hast du noch für mich?«

Er zog seine Uhr aus der Tasche und legte sie vor sich auf den Tisch, um die Zeit nicht zu versäumen, dann hielt er sie ruhig an sich und barg ihr Gesichtchen an seine Brust, wie eine zärtliche Mutter den Kopf ihres Kindes, das sich vor einem Gewitter fürchtet. Er sagte nichts Vernünftiges mehr, er flüsterte ihr nur mehr Liebesworte zu und küßte sie.

Es war schön, nichts als Liebe und Leid, sehr viele Tränen, und ein paar Küsse, aber schön, trotz allem, die schönste Stunde im Leben der beiden sollte es sein!

* *
*

Draußen in der Küche saß Anna Marie mit Fräulein von Mühlhausen auf einer harten, steifbeinigen Küchenbank, Auguste stand daneben mit geballten Fäusten, verlegen teilnahmsvoll.

Hildegard versuchte mitunter etwas zu sagen, aber Anna Marie antwortete nicht. Sie hielt den Blick auf die grünlichen Scheiben des Küchenfensters geheftet, gegen das die Regentropfen laut klirrend anprallten, einer den anderen verwischend, und horchte auf das, was sich nebenan zutrug.

Erst hatte sie die beiden laut reden gehört, dann leiser, immer leiser – dann nur ein mühsam verhaltenes, röchelndes Schluchzen ...

Ein Säbel klirrte, ein Sessel wurde gerückt – die Abschiedsstunde hatte geschlagen. Einen Moment, einen kurzen Moment alles still, still, totenstill – ein leiser, süßer Laut – noch einer!

Es war vorüber. Altenried stand in der Küche und griff nach seinem Mantel. »Leb wohl, Hilde, ich danke dir für deine Gastfreundschaft«, sagte er, dann Anna bei beiden Händen fassend: »Anna, um Gottes willen, versprechen Sie mir, daß Sie bei ihr bleiben, bis alles ... vorüber ist, so oder so! Sie ist dieser Prüfung nicht gewachsen. Erzählen Sie ihr Märchen, pflegen Sie ihre Hoffnungen bis zum letzten Augenblick, wiegen Sie sie in den Schlaf, und wenn ich fallen sollte ...«

Aus dem anstoßenden Zimmer hörte man einen gräßlichen, halb unterdrückten Wehlaut. Der junge Offizier zuckte zusammen, zögerte, dann verschwand er noch einmal in dem Wohnstübchen. Einen Augenblick später schritt er durch die Küche kerzengerade, sich weder rechts noch links umsehend. Man hörte seinen Säbel laut gegen die Stufen rasseln, während er eilig die steile Treppe hinunterstürzte.

* * *

Die ganze Menschheit hält den Atem an. Die Weltgeschichte hat ein neues Blatt umgewendet! Eine neue Epoche ist hereingebrochen – ein neues Deutschland ist erstanden!

Ein Sieg folgt dem anderen, man kann sich die Namen der Siege nicht mehr merken; auf Weißenburg folgt Wörth und Spichern und Saarbrücken; die ganze feindliche Armee ist auf dem Rückzug begriffen; dann bei Metz wie viel Siege! man zählt sie nicht mehr! Ja, Deutschland kann den Kopf hoch halten über allen.

Wie ein träger Riese, der Jahrhunderte verschlafen hat, reckt und dehnt sich's, richtet sich empor immer größer und größer, bis es dem tapferen, übereilten, halt- und sittenlosen Feind endlich in seiner ganzen Mächtigkeit gegenübersteht, ernst, männlich, unüberwindlich!

Die an dem Kriege nicht beteiligten Völker staunen atemlos – man glaubt nicht – es ist nicht zu glauben, so kann es nicht weiter gehen, irgend ein Hindernis muß kommen und den neuerstandenen nationalen Koloß in seiner vorwärts stürmenden Laufbahn aufhalten! Aber nein! Weiter – immer weiter!

Ein taumelnder Jubel bemächtigt sich des weiten Deutschen Reiches, des Reiches, das der Stolz auf den ersten gemeinsamen Sieg geeinigt hat; jeder Bettler, der einem anderen Bettler über die Schulter sieht, um an einer Straßenecke das neueste Extrablatt zu lesen, kommt sich um einen Zoll gewachsen vor, nimmt etwas von dem sich immer weiter und leuchtender ausbreitenden Nationalglanz in Anspruch für sich.

Herr Wißmuth hat's gänzlich vergessen, daß er eigentlich aus Holland stammt, es genügt ihm jetzt vollkommen, daß er ein Deutscher ist. Selbst Herr Sadis legt augenblicklich weniger Wert darauf, ein »Frankfurter« zu sein! Er hat sich mit seiner jungen Gattin für ein paar Augustwochen unter dem Dache seines Schwiegervaters in Lindenbergen einquartiert, und während sie ihre Zeit hauptsächlich in immer loseren Gewändern auf einer Chaiselongue zubringt, belustigt Herr Sadis sich daran, mit Herrn Wißmuth um die Wette den Kriegsschauplatz zu studieren, und zwar auf einer umfangreichen Generalstabskarte, welche Herr Wißmuth sich zu dem Zweck angeschafft hat und die tagaus, tagein auf dem größten Tische, über den Herr Wißmuth in seiner Wohnung verfügt, aufgeschlagen liegt, und auf welcher Schwiegervater und Schwiegersohn mit bunten Papierfähnchen die Stellungen der verschiedentlichen Armeen bezeichnen.

Ganz Lindenbergen steht auf dem Kopfe vor Siegesfreude, helle Kerzlein brennen in den Fenstern fast jede Nacht – Extrablätter fliegen von Frankfurt herüber, fast jeden Tag – und daß auch in diesem kleinen Städtchen schon mehr als eine Gestalt in tiefer Trauer durch die Straßen schleicht, tut der Stimmung keinen Eintrag. Derart hat bereits das Kriegsfieber alle Herzen ergriffen, daß selbst in den Augen derjenigen, die den Tod ihrer nächsten Lieben betrauern, die Triumphfackel leuchtet.

Ja, es war eine großartige, wundervolle Zeit – eine grausige, entsetzliche Zeit!

Und Kitty! ... Die Siegeskrankheit, von der ganz Lindenbergen angesteckt war, hatte sie nicht berührt. Sie freute sich an keinem Sieg, sie dachte immer nur daran, wie viel Menschenleben er verschlungen haben mochte. Wenn draußen vor ihren Fenstern die Marktschreier aus Frankfurt mit ihren von neuem Ruhm berichtenden Extrablättern die Straßen durchplärrten, so steckte sie sich die Finger in die Ohren, und wenn des Abends auf höheren Befehl ihres Vaters, des würdigen Bürgermeisters von Lindenbergen, die hellen Kerzen in ihren Fenstern standen – da flüchtete sie in das Zimmer Anna Maries, das auf den Garten hinausblickte und von wo sie die hellen Kerzen nicht sah. O, diese beleuchteten Fenster! Sie hatte ein Grauen vor diesen beleuchteten Fenstern! Und Herr Wißmuth hatte die fixe Idee des Illuminierens – Lindenbergen kam aus dem Illuminieren nicht heraus. Kitty magerte ab bis zum Skelett, sie nahm an nichts mehr teil, schleppte sich durch ihre Existenz wie ein vom Leben losgetrenntes Gespenst. Sie aß nichts, sie schlief nicht. Einmal trat Anna Marie in ihr Stübchen hinein im ersten Morgengrauen; da sah sie das junge Mädchen in ihrem Bette aufrecht sitzend mit unheimlich horchenden Augen, den Kopf dem Fenster zugekehrt.

»Kitty, Kitty! schläfst du denn wieder nicht?« rief Anna Marie vorwurfsvoll und besorgt.

»Wie sollt ich«, erwiderte Kitty, mit den Achseln zuckend, bitter.

»Aber mein Gott, Kind, was wird denn daraus werden? Wenn er eine Ahnung davon hätte!«

»Er!« Kittys Stimmchen klang hart und heiser. »Wie weißt du, daß er noch lebt. Vielleicht ist er längst tot, während ich mich hier noch um ihn ängstige – tot, und sie haben seinen Leichnam in die Erde hineingestampft mit Hunderten von anderen unter ein bißchen Kalk und Geröll, weil nicht Zeit war, ihn ordentlich zu begraben!«

»Aber Kitty, wie kannst du dich bei solch häßlichen Vorstellungen aufhalten! Wenn ihm etwas geschehen wäre, wüßtest du's längst. Es hat kein neues Gefecht gegeben seit dem letzten, von dem du Nachricht hast.«

»Wer kann sagen, was morgen in der Zeitung stehen wird«, entgegnete Kitty herb und trostlos.

»Kitty! Etwas mußt du auch dem Allmächtigen überlassen. Vertraue auf Gott!«

Da aber merkte Anna Marie, daß sie einen falschen Ton angeschlagen.

»Auf Gott vertrauen!« rief Kitty außer sich. »Ich möchte doch wissen, ob die Angehörigen der tausend und abertausend Toten, die jeder unserer Siege« – sie sprach das Wort mit unsagbarem Haß aus – »der Menschheit kostet, alle auf Gott vertraut haben!«

»Kitty! unser Erdenleben ist nicht das Höchste in der Welt«, ermahnte Anna Marie sanft; sie war fromm, gläubig fromm, wenngleich ohne Frömmelei.

»Nicht«, murmelte Kitty, »vielleicht nicht, aber es ist schön, es kann wenigstens schön sein – ich wünsche mir nichts Schöneres im Himmel als den Tag, den du uns gegönnt hast damals, gleich nach unserer Verlobung – weißt du noch, wie wir unter dem Apfelbaum gesessen haben, du und wir zwei – bis tief in den Abend hinein, bis die Sonne untergegangen war und die Sterne im Himmel funkelten und der Tau fiel – er hielt mich in seinem Arm und wir sprachen von der Zukunft.« Mit einemmal verstummte Kitty. Sie wendete den Kopf dem Fenster zu, durch welches das erste Morgenlicht nüchtern und weißlich hereinschlich. »Hörst du!« rief sie, indem sie Anna Marie beim Handgelenk packte. Anna Marie horchte auf. Durch das ruhig ausatmende Schweigen des sich langsam entschleiernden Augustmorgens schlich etwas Seltsames, Beunruhigendes. Erst war's nur ein leises Zittern des Erdreichs, aus dem Zittern wurde ein Laut, es klang wie ferner Hagel, der noch in den Wolken steckt – stärker, immer stärker – es kam an den Fenstern vorbei – die Schritte eines vorübermarschierenden Regiments waren's.

»Die gehen auch in den Krieg hinaus«, murmelte Kitty, »ich hör sie oft im Morgengrauen – mehr, immer mehr, mir ist's jedesmal, als zöge ein Begräbnis an meinem Fenster vorbei. Wie viel Leichen – mein Gott – wie viele Leichen!«

* * *

Arme Kitty!

Ihre ganze Existenz war eine beständig gespannte, auf Nachricht harrende, sich vor Nachricht ängstigende Qual. Eine Stunde voraus stand sie am Fenster und lauschte dem Postboten entgegen, der die Zeitung und die Briefe brachte, und wenn sie ihn kommen sah, lief sie in ihr Zimmer hinauf, warf sich, an allen Gliedern zitternd, auf ihr Bett und versteckte den Kopf in ihr Kissen. Wenn Herr Wißmuth mit leuchtenden Augen und erhobener Stimme den jüngsten Siegesbericht vorlas, so schlich sie sich aus der Stube, dann heimlich bemächtigte sie sich der Zeitung, schloß sich damit in ihr Zimmer ein und grübelte über jedes Wort. Bei den Siegen hielt sie sich nicht lange auf, um so länger bei der Beschreibung der Greuel, die auf die Siege folgten.

Das dauerte bis Ende August. Aber über einen gewissen Grad reicht unser Vermögen, den Schmerz zu empfinden, nicht aus. Als Altenried vier-, fünfmal im Feuer gestanden, ohne daß ihn eine Kugel gestreift, regte sich in Kitty der vermessene Gedanke, er trüge vielleicht ein gegen den Kugelregen gefeites Leben in sich wie jene großen Helden, die, nachdem sie ihre Zeit damit verbracht, die Gefahr in jeder Form herauszufordern, schließlich ruhig in ihrem Bett gestorben waren.

Sie hatte ein paar Briefe von ihm erhalten durch die Feldpost – Briefe voll junger, ungestümer Zärtlichkeit, voll junger, ungestümer Siegesbegeisterung, grenzenlosem Pflichteifer und unbefangenen, fast unbewußten Heldenmuts. Bescheiden erwähnte er der Anerkennung seiner Vorgesetzten. Nicht, daß er seinen kleinen Triumphen große Wichtigkeit beimaß – aber ... »Du freust dich doch immer, wenn man mich herausstreicht, Kitty«, schrieb er, »und du bist ein so armer Narr jetzt, daß ich dich nicht um ein bißchen Vergnügen bringen darf aus feiger Angst, für einen Prahlhans zu gelten. So renommiere ich denn vor dir in Gottes Namen drauf los!«

Sein letzter Brief datierte vom einundzwanzigsten August. Er war avanciert und mit dem eisernen Kreuze ausgezeichnet worden, man hatte ihn dem Kronprinzen vorgestellt, der Kronprinz hatte ihm die Hand gereicht. Dann folgte eine Beschreibung des herrlichen Kronprinzen. Welche Zukunft breitete sich vor ihm aus!

Kittys Wangen hatten von neuem begonnen sich zu färben, ihr Gang gewann etwas von seiner alten, hüpfenden Elasticität.

In den ersten zwei Tagen des Septembers erfaßte die gräßliche Angst sie jedoch von neuem und in gesteigertem Maße. Sie konnte es nirgends aushalten, nicht da, nicht dort – Nahrung zu sich nehmen, war ein Ding der Unmöglichkeit, und jeder Atemzug tat ihr weh.

Sie behauptete, daß sie den Kanonendonner höre – einen schrecklichen Donner, etwas wie Donner, in den sich Hagelschlag mischte. Sie begriff nicht, daß es die anderen nicht hörten.

* *
*

Zur selben Zeit lag in einem Straßengraben mitten zwischen den grünen Triften zu Füßen der Hügel, auf denen das Fort von Sedan sich erhob, Hans von Altenried schwer verwundet, über ihm eine leuchtende Sonne in einem blauen Himmel – in der Ferne Hurrageschrei, rings um ihn Sterbende und Leichen.

Nicht einen Schluck Wasser, nicht einen Atemzug reiner Luft – alles verpestet von Pulverdampf, von dem faulen, süßlichen Geruch geronnenen Blutes, von dem scheußlichen Gestank der in der warmen Sonne in Verwesung übergehenden zerrissenen Menschenleiber.

Sein ganzes bißchen rasch hinschwindendes Leben war nichts mehr als eine unaussprechliche Pein, die an jeder Fiber seines Körpers herumriß. Im Kopf stach's ihn wie mit glühenden Messern, Schwindel und Übelkeit lähmten ihm Leib und Seele und seine Wunden brannten.

Das Hurraschreien in der Ferne mehrte sich. Mitten aus seiner Qual heraus meldete sich die Neugier, er hätte gern gewußt, weshalb sie schrien; so laut hatte er sie noch nicht schreien gehört. So laut noch nie!

Mühsam hob er den schmerzenden Kopf und spähte und horchte – dann wurde ihm mit einemmal alles gleichgültig, alles zum Ekel. Er ließ den Kopf sinken.

Mit welcher Begeisterung war er heute ausgegangen – den Säbel in der Hand an der Spitze des kleinen Häufleins, das er befehligte. Er war sich wichtig vorgekommen, er hatte etwas leisten wollen. Und jetzt ... Kein Mensch kümmerte sich um ihn, kein Mensch vermißte ihn. Er brachte es nicht einmal mehr fertig, stolz zu sein darauf, daß er heute ein Atom gebildet hatte in dem großen, seine Ziele verfolgenden Ganzen. Mitten in seine Schmerzen hinein schlich sich ein demütigendes Gefühl seiner elenden Unwesentlichkeit.

Er dachte an Kitty – die Tränen traten ihm in die Augen.

Große Wolken von fetten blauen Fliegen schwirrten über die Leichen – ein paar setzten sich ihm aufs Gesicht, er wollte die rechte Hand heben, um sie zu verscheuchen – er konnte nicht – von seinem rechten Arm war nichts übrig als ein zerfetzter Stummel, an dem ein Klumpen schwarzen Blutes hing.

Knapp neben ihm hin flatterte mit schwerfällig humpligem Flügelschlag ein Rabe. Er schrie auf, der Rabe flog weiter, setzte sich einem toten Soldaten auf die Brust und fing an, ihm die Augen auszupicken. Ein maßloses Grauen überkam ihn, er schloß die Augen. So lag er da, sterbend – den fernen Siegesjubel in den Ohren, rings um ihn Leichen, über ihm der endlose blaue Himmel, aus dem die Sonne schien.

* * *

Einen Tag später hatte sich der Siegesjubel über ganz Deutschland ausgedehnt. Das französische Heer gefangen, und mit ihm der Kaiser der Franzosen! Das Wort Sedan flog von Mund zu Mund, und wieder standen Kerzen in allen Fenstern, viel größere und schönere als bisher – in der Kirche wurde ein Gottesdienst gehalten und ein Tedeum gesungen und ganz Lindenbergen war beflaggt. Anna Marie war es indessen, als würge sie eine eiskalte Hand an der Kehle. An Kitty hatte sich im Gegenteil eine merkwürdige Veränderung vollzogen. Nach der letzten gräßlichen Panik hatte sie sich vollständig beruhigt. Ihr Angstgefühl hatte sich abgestumpft, oder vielmehr hatten ihre bereits früher geschwächten Nerven nachgegeben und hatten es als eine zu schwere Last von sich abgeworfen. Sie gab sich einer kindischen, geschwätzigen Hoffnungsseligkeit hin. Sie wurde zornig, weil Anna es nicht über sich brachte, in ihre blinde Zuversichtlichkeit mit einzustimmen.

Und zwei, drei, vier Tage waren vergangen, sie hatte nichts gehört vom Schlachtfeld, es mußte alles gut sein!

* *
*

»Nein, unter Paris tu ich's nicht!« erklärt Herr Wißmuth großartig. Er will nichts vom Frieden wissen, den einzelne, weniger ausschweifend siegeslustige Gemüter als er nach der Katastrophe von Sedan in Vorschlag gebracht haben.

»Wir müssen einmarschieren unter dem *arc de triomphe*!« Und dabei blähte er seine Brust auf, als habe er alle Schlachten mit durchgefochten oder vielmehr, als sei er an der Spitze sämtlicher Truppen gestanden.

»Aber mein Gott, es sind doch schon Menschenleben genug zu Grunde gegangen! Seid doch zufrieden mit dem, was ihr errungen habt!« rief Anna Marie fast zornig.

»Du bist eine Österreicherin, du kannst dich in unsere Gefühle nicht hineinversetzen!« entgegnete ihr Herr Wißmuth. »Als ob's auf ein Menschenleben mehr oder weniger ankäme, wenn sich's um das Vaterland handelt. Zu große Friedensliebe wirkt immer erschlaffend, erniedrigend – das *point d'honneur* der Nation muß gewahrt werden!«

Im Grunde genommen stand Herr Wißmuth zum *point d'honneur* in einem sehr platonischen Verhältnis – aber das nur nebenbei. Die Tapferkeit ging ihm über alles, und auf das bißchen Blutvergießen kam's ihm nicht an – was ja ganz natürlich war, da er vor so und so viel Jahren als zum Militärdienst untauglich erklärt worden war – wegen Plattfüßen.

Die heftigsten Chauvinisten sind immer die Männer, denen die Militärfähigkeit fehlt.

Herr Sadis legte ein gutes Wort ein für den Frieden. Er spekulierte letzterer Zeit auf die Hausse.

Die beiden Herren befanden sich mit Anna Marie und Frau Sadis in dem großen Wohnzimmer, in dem das Vesperbrot genommen zu werden pflegte – einem luftigen Raum mit tiefen Fensternischen in blaßblau gemalten Wänden und sehr wenigen altväterischen Möbeln. In einer Ecke vor einem schwarzen Roßhaarsofa stand ein freundlich gedeckter Tisch mit blau und weißen Porzellantassen, Gebäck und Obstschüsseln besetzt – man wartete nur auf den Kaffee, um sich niederzusetzen.

Herr Wißmuth studierte wie gewöhnlich den Kriegsschauplatz, Frau Sadis lag in einem großen Lehnstuhl und rang nach Atem. Anna

Marie häkelte an irgend einem sehr kleinen Gegenstand, und Herr Sadis hielt einen freien Vortrag über die politische Situation. Durch das offene Fenster drang die regengekühlte Septemberluft mit einem Duft von Rosen und nasser Erde und mit dem Geruch der ersten, in den Sommer hineinbrechenden Herbstfäulnis. Zu gleicher Zeit tönte ein von einem süßen Waldvogelstimmchen gesummtes Lied bis hinauf. Es war Kitty. Sie sang zum erstenmal seit der Kriegserklärung und zum erstenmal beschäftigte sie sich wieder damit, ein paar Rosen abzuschneiden zur Ausschmückung der Zimmer.

»Ist der Postbote noch nicht gekommen?« fragte Herr Sadis.

»Es ist noch nicht seine Zeit«, sagte Anna Marie.

Noch immer klang das Liedchen herauf mit dem Duft der Rosen und dem der leise hereinbrechenden Herbstverwesung – nur ferner, schwächer.

Da öffnete sich die Tür, das Mädchen brachte die mächtigen Kaffee- und Rahmkannen auf einem Plateau und zugleich die Ergebnisse der Nachmittagspost.

Ein Haufen von Zeitungen und ein einziger Brief – ein Feldpostbrief für Anna Marie – dick und in einer Schrift adressiert, die sie nicht kannte. Sie wurde leichenblaß. – – Aus dem Garten tönte noch immer das süße singende Stimmchen.

Schwiegervater und Schwiegersohn griffen eiligst jeder nach einer anderen Zeitung. Herr Wißmuth suchte begierig nach einem neuen Sieg, Herr Sadis sah nach dem Börsenbericht. Als er damit fertig geworden war, blätterte er die Zeitung durch. »Ach, die Verlustlisten!« bemerkte er, »ich muß doch sehen, ob irgend ein Bekannter darunter ist – zum Glück haben wir niemand im Felde, der uns nahe steht.«

»Setzt euch doch zum Kaffee!« ruft jetzt etwas ärgerlich mahnend Frau Sadis. »Ja, wo ist denn Anna Marie?«

»Sie ist den Augenblick verschwunden«, erklärte Herr Sadis, noch immer in das Studium der Verlustlisten vertieft.

»Ich kann diese Unpünktlichkeit nicht leiden«, beklagte sich Frau Sadis. »Und Kitty, wo ist Kitty?«

»Im Garten unten«, sagte Herr Wißmuth, der bereits an dem Kaffeetisch saß und ein Stück Streuselkuchen in die umfangreiche Tasse – seine Privattasse – tauchte, die ihm seine älteste Tochter soeben mit Kaffee gefüllt. »Ich habe sie noch vor einem Augenblick unten zwitschern gehört.«

»Ruf sie doch, Walter«, bat Frau Sadis ihren Mann, da sie sich dieser Anstrengung nicht gewachsen fühlte.

Noch immer die Zeitung in der Hand, trat Herr Sadis ans Fenster und rief: »Kitty, Kitty, der Kaffee wird kalt.«

Dann vertiefte er sich von neuem in sein Studium. »Schwerverwundete: von Erhardt, Max, Lieutenant beim x Füsilierregiment; Müller, Friedrich, Premierlieutenant – ich glaube, den haben wir gekannt – erinnerst du dich nicht, Bertha, in Bonn bei Frau von Lüdersheim.«

»Ich erinnere mich nicht«, erwidert Frau Sadis.

»Aber du mußt dich doch erinnern – ein kleiner, dicker mit einem roten Schnurrbart, seine Mutter war eine geborene von Rosterwitz.«

»Aber was dir einfällt, der ist ja schon sechsundsechzig an der Cholera gestorben«, erklärt Frau Sadis, indem sie nach dem dritten Stück Streuselkuchen langt.

»Ja richtig«, gibt Herr Sadis zu und fährt fort, die Verlustlisten zu prüfen. Es hat fast den Anschein, als ob er es übel nähme, daß er keinen Bekannten darin entdecken kann. Plötzlich sieht er auf – »Altenried?« bemerkt er fragend – »ob das wohl der ist, der in Ulmenhof mit uns diniert hat; dessen erinnerst du dich doch?«

»Ja, er war ein wenig in Kitty verliebt, glaub ich, ein bildschöner Mensch; 's wär mir leid, wenn dem was zugestoßen wäre!« sagt Frau Sadis und taucht ihre Lippen in die Kaffeetasse. »Vielleicht ist's ein anderer, es dienen so viele Altenrieds.«

Ein leichter Schritt hat sich der Tür genähert – Kitty tritt ein, die Hände voll Rosen und in den Augen einen glücklichen Traum.

»Hans von Altenried«, sagt Herr Sadis, seinen Kneifer aufsetzend. Kitty ist stehen geblieben, wie angewurzelt, niemand hat ihr Eintreten bemerkt.

»Tot oder verwundet?« fragt Frau Sadis.

»Tot!«

Ein gräßlicher Schrei tönt durch das Zimmer! Die Rosen fallen Kitty aus der Hand, ihre Augen heften sich darauf; dann stürzt sie bewußtlos zu Boden.

Wie Kitty die Zeit, die nun folgte, überstand! – Daß sie sie überstand, war Anna Marie ein Rätsel.

Ihre Verzweiflung war etwas, das keiner mitansehen konnte, von dem die Teilnehmendsten sich abwendeten. Nur Anna Marie hielt's neben ihr aus.

Die ersten zwei Tage blieb Kitty tränenlos, man fürchtete um ihren Verstand und Anna Marie gönnte ihr den Tod.

Aber der Tod kam nicht. Am dritten Tage zog eine Truppenabteilung durch die Stadt mit fliegender Fahne und klingendem Spiel. Es schmetterte laut durch die Straße »Heil dir im Siegerkranz«, und ganz Lindenbergen war an den Fenstern, um den Helden, die dem Kriegsschauplatz zueilten, nachzuschauen.

Der schrille Ton der Trompeten weckte Kitty. Als Anna Marie an das offene Fenster eilte, um es zu schließen und hierdurch den Schall zu dämpfen, merkte sie plötzlich, daß Kitty, die bisher nicht zu bewegen gewesen war, aus der dunklen Ecke herauszukommen, in der sie Stunde für Stunde gekauert hatte, herausgeschlichen war. Ihre Starrheit wich – alles begann an ihr zu zittern, ihr blasses Gesicht verzerrte sich, die Tränen stürzten ihr aus den Augen und sie hielt sich mit beiden abgemagerten Händen die Ohren zu.

Ja, die Tränen waren gekommen, aber irgend eine Erleichterung noch lange nicht! ... die Verzweiflung Kittys war nicht milder, geduldiger Natur, nein, es war eine entrüstete Auflehnung gegen das Schicksal, das ihr alles genommen. Es kamen Zeiten, wo sie sich die Kleider vom Leibe herunterriß und sich endlich auf ihr Bett warf und das Gesicht in die Polster versteckte, um nicht laut zu schreien. Manchmal gab ihr bißchen Selbstbeherrschung nach, und sie schrie; wenn Anna Marie sich ihr näherte, um sie zu beruhigen, so schlug sie nach ihr – dann löste sich dieser Zustand in einen Strom von Tränen, und wenn sie sich müde geweint, dann kroch sie an Anna Marie heran, zitternd und demütig, kniete neben ihr nieder, küßte ihr die Hände und legte ihr den Kopf auf die Knie. Eines Tages sank sie um, als sie ihr Bett verlassen wollte.

Der Doktor wurde gerufen. Er konstatierte ein Nervenfieber. Drei Monate war Kitty todkrank, drei Monate, während deren Anna Marie Tag und Nacht nicht von ihrem Lager wich. Plötzlich wendete sich's zum Bessern mit ihr, sie genas.

Und ein Tag kam, wo Anna Marie sie mit der Zartheit einer Mutter, die ihr Kind aus der Wiege hebt, ankleidete und an ihrem Arm langsam das erste Mal aus ihrem Krankenzimmer in die anstoßende Stube führte. Sie erholte sich verhältnismäßig rasch, es kam die Zeit, wo sie ihren täglichen Beschäftigungen nachging wie früher. Sie war wieder hübsch, trotz der übergroßen Augen und der krankheitshalber kurz gestutzten Haare; aber die alte Kitty war's nicht mehr. Das Haar war dunkler geworden, das tanzende Licht in den Augen war fort. Der Sonnenstrahl, der sich ehemals in das kleine Persönchen versteckt zu haben schien und aus allen Ecken und Enden ihres liebenswürdigen Wesens herauszuckte, war erloschen. Das Beste, Schönste, Wärmste in ihr war tot! Was in ihr übrig blieb, war das, was von einem Baum übrig bleibt, von dem der Hagel im Frühling die Blüten heruntergeschlagen.

* * *

Und die Tage reihten sich an die Tage, die Monate an die Monate.

Ein Sieg folgte dem anderen – die alten Märchen wurden lebendig – die Einigung Deutschlands war vollzogen, ein neuer Deutscher Kaiser war erstanden! Barbarossa war erlöst!

Der Feind war hinter den Rhein zurückgedrängt, und die kriegslustigen Politiker, die bei einem Glase Bier und über ein Schachbrett hinüber die Geschicke der Welt im Kaffeehaus zurechtschnitten, gaben sich mit den Errungenschaften »ihrer Armee« zufrieden.

Nur Herr Wißmuth war nicht einverstanden mit dem von Deutschland geschlossenen Frieden, seiner Ansicht nach hätte Deutschland entschieden das ganze französische Reich annektieren müssen.

Und der Frühling kam, und die Truppen, was von ihnen übrig war, kehrten ins Vaterland zurück. Und ganz Lindenbergen war beflaggt, und die Häuser waren grün von Blumengewinden und bunt von Teppichen, die Fenster standen voll Menschen, welche den Siegern zujubelten.

Unter diesen Menschen waren viele in schwarzen Trauerkleidern, und auch diese jubelten, mit Tränen in den Augen jubelten sie.

Nur Kitty, Kitty, die nicht einmal ein schwarzes Trauerkleid tragen durfte, die jubelte nicht! Während es durch die Straßen schallte, ein Hurraschreien ohne Ende, und mit schmetternden Trompeten »Heil dir im Siegerkranz« erklang, kniete Kitty hinter verschlossenen, verdunkelten Fenstern im stillsten Winkelchen des Hauses vor Anna Marie, den Kopf in ihrem Schoß.

Zweites Buch

Kurz nach der Heimkehr der Truppen hatte Anna Marie ihren blassen Liebling verlassen müssen. Ein anderer leidender Mensch hatte nach ihr gerufen, nach der lindernden Zartheit ihrer Hand, nach der innigen Teilnahme ihres Blickes.

Ein kranker Bruder war's. Sie pflegte ihn erst in Gleichenberg, dann in Kairo, blieb an seiner Seite, bis er sich die Seele aus dem Leibe herausgehustet hatte. Dann bestürmte die verheiratete Tochter ihres Tricktrackonkels sie, sich ihres Hausstandes anzunehmen – kurz, das und jenes kam; als sie wieder frei gewesen wäre, sich Kitty zu widmen, war ihr Platz im Hause des Herrn Wißmuth bereits ausgefüllt. Ein großer Jammer hatte die Familie heimgesucht, ein großer Jammer für alle anderen, für Kitty ein Trost.

Wie alle gebrochenen Menschen, in denen ein edler Kern steckt, vergaß sie ihren eigenen Schmerz erst, als sie den eines anderen auf sich lud.

Herr Sadis war seit dem Jahre 1870, wo er sich durch seine flink abwechselnde Hausse- und Baisse-Börsengymnastik ein Vermögen erspielt, ein so verwegener Spekulant geworden, daß er sich eines schönen Tages anläßlich einer besonders kühnen Unternehmung den Hals gebrochen hatte, das heißt, er hatte sich ihn abgeschnitten, um sich nicht bankerott erklären zu müssen.

Seine Witwe, die er völlig mittellos zurückließ, suchte mit ihren drei Kindern Schutz unter dem väterlichen Dach. Sie war wie erdrückt und verdammt von dem Schicksalsschlag, der sie, da sie von dem Stand der Geschäfte ihres Mannes nichts geahnt, wie ein Blitz aus heiterem Himmel getroffen hatte. Ihr Mut war gebrochen, ihre Gesundheit bedroht, dabei war sie durch ihren jahrelangen Wohlstand dermaßen verwöhnt, daß sie die Hände kaum mehr zu rühren vermochte und, anstatt selbst irgendwo zuzugreifen, mehr Bedienung brauchte und Umstände im Hauswesen verursachte, als ihre drei Kinder zusammen. Von früh bis abend tat sie nichts, als sich über die Undankbarkeit ihrer Frankfurter Bekannten beklagen und Briefe an ein paar alte Schuldner ihres Mannes schreiben, welch letztere leider durchaus nicht gesonnen schienen, ihren Verpflichtungen nachzukommen, so daß Frau Sadis nie die Papier- und Postkosten dieser äußerst unfruchtbaren Korrespondenz herausschlug. Kitty sah das klar, aber sie ließ die Schwester gewähren. Mein Gott, dieses ewige Gekritzel war doch wenigstens eine kleine Zerstreuung, ein Sorgenableiter für die Tiefgebeugte. Wenn Bertha Sadis nicht Briefe schrieb, so weinte sie. In diesen beiden Beschäftigungen gipfelte ihre ganze Tätigkeit.

Entweder wird man von zu viel Weinen mager, oder man wird dick. Bertha Sadis gehörte zu denjenigen, welche dick wurden. Sie wurde unförmlich, was zu ihrer Unbeholfenheit noch beitrug. Die Mühe der Erziehung und Pflege der Kleinen lastete somit ausschließlich auf Kitty. Mit welchem Eifer sie sich derselben widmete! Die Kinder hingen bald an ihr wie die Kletten, und sie betete sie an. Sie waren übrigens reizend, alle drei. Merkwürdigerweise sahen sie weder Vater noch Mutter, sondern, und zwar recht auffallend, Kitty ähnlich. Zwei Jungen waren's und ein Mädchen. Das mittlere war ein Mädchen. Kitty zog die Knaben vor. Sie schrieb einmal anläßlich dessen an Anna Marie:

»Ja, du hast's erraten, ich hab die Jungen, oder wie du unverbesserliche Österreicherin sagen möchtest, die ›Buben‹ lieber als das Mädchen – wegen der allgemeinen Wehrpflicht, und weil sie's überhaupt schwerer haben im Leben, wenigstens Knaben in den Verhältnissen, in welchen meine armen, kleinen Schützlinge aufwachsen werden.

Es ist dies nicht die landläufige Ansicht, ich weiß wohl, aber es ist meine Ansicht. Männer müssen das Leben tiefer, ernster auffassen als wir Frauen, sie dürfen sich ihm gegenüber nicht in tröstliche Täuschungen einspinnen, sondern müssen seiner ganzen Häßlichkeit unerschrocken in die Augen sehen, sie müssen arbeiten, oft ohne Lust, manchmal mit versagender Kraft, damit die schwachen Geschöpfe, die von ihnen abhängen und deren Glück ihr Glück ausmacht, sorglos zu feiern vermögen; solche Männer, wie ich sie aus den zwei reizenden Knirpsen herauserziehen möchte, die Gott unter meine Hut gestellt hat.

Der älteste heißt Fritz; er ist, dessen solltest du dich übrigens besser erinnern als ich, die damals nicht mehr wußte, was um mich herum vorging, mitten im Feldzug von Anno 1870 geboren worden, und darum hat man ihn nach unserem wundervollen Kronprinzen getauft.

Er ist prächtig, so aufgeweckt und schneidig, mit schrecklich viel Lust zum Soldatenspielen, obgleich er erst vier Jahre zählt. Zuweilen geht mir's quer durchs Herz, wenn ich ihn, seinen kleinen Blechhelm auf dem Kopf, einen Kindersäbel in der Hand, Hurra schreiend eine Schanze nehmen seh, die manchmal aus einem alten Schiebkarren, am häufigsten bloß in seiner Einbildungskraft besteht. Aber ich möcht ihn doch nicht anders haben und will auch seinen kecken Mut nicht verstümmeln durch allzu ängstliche Zügelung und Überwachung, so schwer mir gerade das fällt.

Er soll so werden wie der, dessen Andenken für mich immer das Heiligste auf der Welt bleiben wird, genau so wie der, selbst wenn er so enden müßte – selbst dann!

Mein Liebling ist der jüngste, der kleine Hans. Es ist ein Zufall, daß er Hans heißt, aber mich freut's. Er ist auch der schönste von allen dreien, blond mit krausen Härchen, in die sich die Sonnenstrahlen verfangen, wenn ich mit ihm auf dem Arm durch den Garten geh, und mit so lieben, großen blauen Augen. Einmal hab ich mich mit ihm auf die alte Birkenbank gesetzt, unter dem Apfelbaum, du weißt, die Bank, auf der wir damals zusammengesessen haben, du, er und ich, an dem Frühlingstag, den du uns gegönnt hast. Und da sind mir plötzlich Gedanken gekommen – allerlei Gedanken, wie das alles hätte so werden können, und daß der Kleine da auf meinem Knie eigentlich mein eigenes Söhnchen hätte sein dürfen – und plötzlich hat mich das Schluchzen geschüttelt, ach so ein Schluchzen! Da hat sich der Kleine mit einem Händchen an meinem Halskragen angeklammert, um sich auf meinem Schoß aufzustellen, und hat mir alle meine Tränen weggeküßt. Seit der Zeit wein ich nicht mehr.

Aber glaub du nur ja nicht, daß ich darum weniger an meinen lieben Toten denke. Nein, das wird dasselbe bleiben mein lebenlang. Seinem Andenken geschieht kein Eintrag durch die neuen Interessen, an denen ich mich aufrichte, und ich glaube, er selbst würde sich freuen, daß mir dieser Trost beschieden ward, daß der Schatz an Liebe in meinem Herzen, von dem ich gar nichts wußte, ehe er ihn gehoben – denn früher war ich ein vergnügungssüchtig, oberflächlich Ding wie nur eine –, dieser große Reichtum, mit dem ich nichts mehr anzufangen wußte, seit ich ihn ihm nicht mehr geben konnte, und der mir die ganzen leeren Jahre lang das Herz abgedrückt hat – endlich, endlich jemandem zugute kommt.

Ich soll wieder hübsch geworden sein, sagt man mir, und ich bin wohler und heiterer, das fühl ich selbst. Vorige Woche hatte ich einen

Heiratsantrag. Du kannst dir denken, wie mir dabei zu Mute war, und gestern blieb Herr Förster, dem ich in Frankfurt, wohin ich gefahren war, um eine Trommel für Hänschens ersten Geburtstag zu kaufen, begegnete, stehen, um mir nachzustarren. Ach du lieber Herrgott!

Hans, neben dessen Bett ich dies schreibe, während er sein Vormittagsschläfchen hält, ist aufgewacht, durch einen kleinen, kichernden Vogelschrei hat er mir's gemeldet. Soeben habe ich das Gitter seines Bettchens heruntergelassen. Er sitzt zwischen seinen Kissen, die goldenen Härchen zerzaust, die Wänglein rot vom Schlaf, und schaut mich aus runden, blauen Augen feierlich an. O dieser gerade, vertrauensvolle Kinderblick – der Blick, der in uns sein allmächtiges Schicksal sieht, seinen Gott, der ihm willkürlich Freud und Leid austeilt! Wenn man sich denkt, daß man seinem Flehen einmal nicht gerecht werden könnte, ihm antworten müßte, ich kann nicht, ich kann nicht!

Vorläufig kann ich noch alles, was er von mir will – lieber, dummer, hilfloser kleiner Hans! Er will, daß ich ihn ankleiden und ihm seine Suppe bringen soll. Ich freu mich schon darauf. Hätt's nicht geglaubt, daß ich's noch einmal lernen würde, mich an irgend etwas im Leben zu freuen!

Dein in alter, herzlicher Dankbarkeit

Kitty.«

Als Anna Marie dieses Schreiben erhielt, war ihr's, als ob man ihr eine Last vom Herzen genommen hätte, und sie sagte: »Gott sei Dank!« Sie sagte »Gott sei Dank« auch, als Kittys früher regelmäßig zweimal des Monats eintreffende Briefe seltener und seltener wurden, denn für sie war es ein Beweis, daß Kitty zufrieden und beschäftigt war und ihrer Teilnahme entraten konnte.

Dann aber machte sie eine Entdeckung, die sie betrübte. Wie alle Menschen, deren sich nach jahrelangem, quälendem Herzenshunger ein neues Interesse bemächtigt, ging Kitty vollständig auf in dieser neuen Empfindung – sah und fühlte nichts mehr, was nicht damit zusammenhing. Die Kinder füllten ihre ganze Existenz aus, sie beugte ihren Geist zu deren physischen Bedürfnissen und sich kaum entfaltendem Seelenleben nieder, ohne auch nur einen Gedanken mehr übrig zu behalten an das, was darüber hinausging. Sie wurde, so schien es Anna Marie, hausbacken, kleinlich, eng, und in Bezug auf alles, was nicht mit ihrem neuen Liebesfanatismus zusammenhing, sogar peinlich nüchtern.

Des alten Freundes erwähnte sie gar nicht mehr. Wenn sie von irgend etwas, das sich nicht auf ihre drei Schützlinge bezog, schrieb, so waren es allerhand häusliche Sorgen, die sie andeutete, ohne dieselben zu erklären. Wie hätte sie auch können, da es sich hauptsächlich um ihren Vater handelte.

Wie Anna Marie zwischen den Zeilen zu lesen glaubte, schien sich Herr Wißmuth auf seine alten Tage einem sehr unregelmäßigen Lebenswandel ergeben zu haben, das bißchen Vermögen, das ihm von seinem ehemaligen Wohlstand noch übrig geblieben, zerfloß dabei zwischen seinen Händen wie Wachs.

Dann kam die Nachricht von dem Tode Berthas, die nach qualvollen Leiden an der Wassersucht verschieden war, dann die Nachricht von Herrn Wißmuths Wiedervermählung und zwar mit einer untergeordneten Person, einer Kellnerin im Gasthaus zum Löwen in Lindenbergen, die bereits jahrelang seine Geliebte gewesen war. Dann folgte eine lange, lange Pause in dem einst so regelmäßigen Briefwechsel der beiden Freundinnen, und endlich eines Tages erhielt Anna ein paar Zeilen von Kitty, in welchen diese tief beschämt um ein kleines Darlehen bat.

Natürlich sandte ihr Anna äußerst bestürzt alles, worüber sie an barem Gelde augenblicklich verfügte.

Zu ihrem großen Erstaunen erhielt sie die Summe binnen wenigen Tagen zurück mit einem linkischen und sehr verlegenen Zettel Kittys. Dann schrieb Anna Marie mehrmal, ohne daß ihr eine Antwort zu teil wurde. Von jener Zeit ab stockte die Korrespondenz. Da, an einem leuchtenden Frühlingstag im Jahre 1880, erhielt Anna die gedruckte Anzeige der Vermählung Kittys mit Herrn Karl Förster. Das Blatt fiel Anna aus der Hand; als sie es wieder aufnahm, um den Tag der Vermählungsfeier festzustellen, bemerkte sie, daß diese um fast drei Wochen zurückdatierte. Die Anzeige zitterte in ihrer Hand. »Sie hat sich vor mir geschämt«, murmelte sie. »Kein Wunder!«

Es verletzte sie bis ins Innerste, daß Kitty, sei's auch aus dem herbsten Elend heraus, sich zu dieser Verbindung hatte erniedrigen können.

Sie faßte die Gratulation, mit welcher sie die Nachricht beantwortete, so kurz als möglich. Das durch jahrelange Trennung kaum gelockerte

Band, welches sie so lange innig mit Kitty verknüpft, war mit einemmal zerrissen.

* * *

Als Anna Marie die Anzeige von Kittys Vermählung erhalten hatte, war der Frühling noch kaum gekommen; jetzt ist der Sommer beinah vorbei. Damals waren die rosigen Knospen an den Apfelbäumen noch fest geschlossen, jetzt sind die Blüten dahin, die Blätter fangen an zu fallen, erst vereinzelt, bald da eins, bald dort, und die Äste hängen voll bausbackiger runder Früchte, deren grüne Wangen sich rot zu färben beginnen. Es ist der letzte August – der letzte August 1880. Zehn Jahre sind verflossen, seitdem bei Sedan die zweite französische Kaiserkomödie ihren tragischen Abschluß gefunden hat – zehn Jahre, seitdem die alten Märchen lebendig geworden sind, seitdem das Deutsche Reich gewaltiger, weltbezwingender denn je, sein in langem Zauberschlaf versunkenes Haupt emporgehoben hat – zehn Jahre, seitdem der alte Barbarossa von Deutschlands Dichtern und Dichterlingen gnädig und etwas wehmütig zugleich aus dem Kyffhäuser entlassen worden ist.

Anna Maries Haar ist weiß, aber sie ist noch immer eine schöne alte Frau. Ihre Züge haben nichts von deren edlem Schnitt eingebüßt, ihre Haut ist noch immer frisch und ihr Blick ist teilnahmsvoller, ihr Lächeln sympathischer als je.

Sie sitzt in ihrem sehr kleinen, aber traulichen Absteigequartier in Wien beim Frühstück zwischen zwei gepackten Koffern, trinkt abwechselnd ihren Tee und schreibt in aller Eile einen letzten Brief vor ihrer Abreise; denn, wie es ja bereits die zwei gepackten Koffer verraten, soll sie abreisen und zwar, um ihre Cousine Gräfin Ruysbruck, geb. Nikoltschjany, nach England zu begleiten, auf die Insel Wight.

Da klingelte es draußen. »Der Briefträger«, murmelte Anna Marie, kaum den Kopf hebend, vor sich hin und schrieb weiter. Die Jungfer präsentierte ihr den Posteinlauf – mager genug, ungewöhnlich mager für Anna Marie – ein einziger dünner Brief, einer aber, der für Anna Marie eine große Bedeutung haben mußte. Sie wechselte die Farbe, als sie ihn erblickte. Er rührte von Kitty her.

Eilig erbrach sie ihn und las:

Meine liebe teure Anna,

mein lieber unvergeßlicher Schutzengel, komm zu mir!

Du lächelst gewiß traurig zu dem Worte Schutzengel. Das grenzenlose Elend, welches mich in meiner Jugend zermalmt, hast du freilich nicht von mir abwenden können; stärker als das Schicksal bist du nicht gewesen, aber doch stärker als ich. Du hättest mich aufrecht erhalten vor mir selbst, und hättest mich davor bewahrt, der betörendsten aller Versuchungen zum Opfer zu fallen, einer Versuchung, die sich hinter einem falschen Pflichtgefühl versteckt.

Ich breche zusammen unter der Last, die ich in hochmütiger Überschätzung meiner Kraft auf mich genommen. Vielleicht kannst du mir helfen, sie zu tragen, kannst sie mir zum wenigsten derart zurechtlegen, daß ich im stande sein werde, sie weiter zu schleppen. Jedenfalls wird es mir ein Trost sein, dich neben mir zu haben.

Liebe Anna, ich brauche dich so notwendig. Das Leben ist entsetzlich.

Dein in alter dankbarer Liebe

Kitty.

Es überlief Anna Marie kalt, nicht kälter, als da sie die Anzeige von Kittys Vermählung erhalten. Das eine war die Folge des anderen; der Brief hatte kommen müssen nach der Anzeige.

Ein Weilchen saß sie still, am ganzen Körper vor Erregung zitternd, da. Dann öffnete sie ein Fach ihres Schreibtisches, in welchem sie ihre Reliquien aufzubewahren pflegte, und zog das Briefchen hervor, welches Kitty im Frühling 1870 an sie geschrieben.

Die Tränen traten ihr in die Augen, während sie dieselben auf den armen kleinen Zettel heftete, dessen Papier vergilbt, dessen Tinte verblaßt war. Sie las die noch in uncharakteristischer Kinderschrift geformten Worte halblaut vor sich hin:

Liebe, liebe Anna Marie!

Bitte, bitte, bitte, komm. Ich freu mich so schrecklich auf dich und ich brauche dich so. Wenn du nicht kommst, so bin ich unglücklich, und ich habe gar keine Lust, unglücklich zu sein, gerade jetzt nicht. Das Leben ist so schön! Ich bitte dich, komm. Ich küsse dich zweitausendmal und bleibe, dich bestimmt erwartend,

Kitty.

Anna Marie steckte die beiden Briefe, den alten und den neuen, zusammen in einen Umschlag, schrieb darauf »Kitty« und legte das Päckchen in ihren bescheidenen Reliquienschrein zurück.

Die Jungfer kam, um zu melden, daß sie einen Ausgang mache, und zu fragen, ob Anna keinen Brief zu bestellen habe.

Anna Marie hatte keinen Brief für die Post – derjenige, den sie zu schreiben im Begriff gewesen, galt nicht – aber zwei Telegramme wollte sie dem Mädchen mitgeben, eins an die Gräfin Ruysbruck, in dem sie sich ab-, und eins an Kitty, in dem sie sich anmeldete.

* * *

Kitty war nicht entgegengekommen auf die Bahn, sondern hatte ihr nur einen Wagen und einen schriftlichen Willkommengruß geschickt.

Anna Marie war ein wenig enttäuscht, sie begriff nicht recht, und während sie in den Kissen des sehr eleganten Viktoria, der sie in Hanau abgeholt hatte, denselben hübschen Weg entlang fuhr, den sie damals mit Kitty gefahren war, überließ sie sich allerhand Betrachtungen. Damals vor zehn Jahren – und heute ... Wie verschieden war alles! Damals war Frühling gewesen, jetzt war's Herbst, ein früher Herbst. Es hatte stark geregnet in der Nacht, ein süßer Duft von faulendem Holz und faulenden Blättern schwebte über die nasse Erde hin. Alles war still, nur ein leiser, wehmütiger Hauch seufzte in den Kronen der alten Linden, aus weiter Ferne hörte man das eintönige Wimmern einer Dampfdreschmaschine. Mit einemmal schnitt ein scharfer, harter Laut in die Stille hinein. Anna Marie fuhr auf, eins der Pferde begann sich zu bäumen, der Kutscher hatte Mühe, es zu beruhigen. Der Lakai wendete sich indessen, den Hut ans Ohr haltend, nach Anna Marie und bemerkte: »Es sind die Manöver, gnädige Frau!« Der Frauenrang verstand sich für ihn einer so würdigen und stattlichen Dame gegenüber von selbst.

Indem biegt der Wagen aus der Lindenallee in die Heerstraße, über die sich die Apfelbäume neigen. Zwischen den krummen, grauen Stämmen erblickt Anna Marie auf den Stoppelfeldern endlose Reihen von Soldaten platt auf dem Bauch ausgestreckt mit ausgespreizten Beinen und das Gewehr an der Wange; Offiziere zu Fuß, Offiziere zu Pferde mit lautem Kommando hin und her galoppierend über Stoppeln und Schollen; kleine, rote Fähnchen in den Boden eingerammelt, gegen den flachen Horizont zu im Sonnendunst blinkend etwas wie einen breiten Streifen von weißlichem und gelbem Metallglanz, der sich langsam zu zerteilen und zu verdunkeln scheint – ein heranmarschierendes Regiment, von dem man anfangs nichts als das Geblitz der Waffen und blanken Knöpfe gesehen hat; auf dem hohen Feldrain zahllose Zuschauer, ein oder der andere Gutsbesitzer aus der Umgebung zu Pferd, ein paar schäbige Kareten mit abgeschundenen Rädern und altersgrauem Lederzeug, bespannt mit tief eingesattelten Schindmähren, die sich mit den dünnen Schwänzen, so gut es geht, gegen die fetten blauen Herbstfliegen wehren, und angefüllt mit aufgeputzter, eroberungslustiger, kleinstädtischer weiblicher Schaugier; ein junger Forstgehilfe zu Pferd, mit einem ziegelroten Gesicht, sehr dick und vom Kopf bis zu den Füßen grün angezogen, so daß er aussieht, als ob er im Begriff stünde, sich langsam in einen Laubfrosch zu verwandeln; ein Marketenderkarren, an den ein wahnsinnig wimmernder und bellender Hund angebunden ist; große Haufen neugieriger Zerlumptheit rings herum; und etwas weiter in dem Feld, knapp neben der Aktion, so nah, als es überhaupt zulässig ist, ein Break und ein Landauer, beide dicht mit Menschen besetzt – auf dem Bock des Breaks eine elegante, üppige weibliche Gestalt, einen Operngucker in der Hand. »Ist das nicht Emma Becker?« fragt sich Anna Marie.

Da der Wagen, welcher sie von der Bahn geholt, einer ihm die Straße versperrenden Truppenbewegung halber halten muß, der Diener sich infolgedessen verpflichtet fühlt, Fräulein von Hohleisen zu unterhalten, wendet er sich nach ihr um und sagt, auf die beiden Equipagen im Manöverfeld deutend: »Das sind unsere Herrschaften, gnädige Frau.«

»Ist Frau Förster dabei?« fragt nicht ohne Aufregung Anna Marie.

Der Diener schüttelt den Kopf. »O nein!« sagt er betrübt, »die gnädige Frau hat keinen Sinn dafür, sie kann das Schießen nicht vertragen. Sie ist nicht so fürs Militär; aber die anderen Damen, du mein Gott! jeden Tag rücken sie aus mit der Truppe und bleiben draußen, solange noch ein Soldat auf dem Felde ist!«

Der Diener hat selbst noch bis vor einem halben Jahr und zwar bei den Ziethenhusaren gedient, daher seine ritterliche Besorgnis um Anna Maries Unterhaltung, sowie seine respektvolle Zutraulichkeit.

Während er noch spricht, bemerkt Anna Marie zwei kleine Jungen auf allerliebsten schottischen Ponies, der eine etwa zehn, der andere kaum sieben Jahre alt, beide, jeder seinem Alter gemäß, sehr elegant herausgeputzt, beide gerade im Sattel sitzend und offenbar mit Leib und Seele dabei.

»Das sind unsere jungen Herren«, erzählt mit strahlendem Gesicht der Lakai; »wie aufmerksam die zusehen! Erst hatte nur der älteste ein Pferdchen, aber der kleinere gab keine Ruh, bis er sich auch eins ertrotzt hatte. Die gnädige Frau kann dem kleinen nichts abschlagen. Er sitzt übrigens besser als der ältere, 's wird mal ein schneidiger Offizier.«

Anna Marie hört nur mit halbem Ohr. Ihre Augen hängen an den Kindern.

Eine neue Musketensalve!

Ein Aufblitzen von kleinen Flämmchen die Reihe der Gewehrmündungen entlang, das gräßliche hagelartige Gepolter, dicke Streifen Rauch sich erst an der Erde entlang ziehend und in ihren dicken Nebel die platt auf dem Bauch ausgestreckten Soldaten einhüllend, dann sich in große Fetzen zerteilend, die ihrerseits in krause Löckchen zerflattern und langsam emporsteigend verschweben.

»Ich glaub, das war der Schluß«, sagt nach einem Weilchen der militärkundige Lakai.

»Sollen wir zufahren?« fragt der Kutscher. »Wenn wir jetzt nicht fahren, kommen wir mitten unter die Soldaten hinein.«

Anna Marie bittet ihn – sie bittet immer – zuzufahren.

Noch einmal blickt sie sich um. Das letzte, was ihr auf dem Manöverfeld in die Augen springt, ist der kleinere der beiden Jungen, der, mit seiner Reitgerte hoch zum Hieb ausholend, auf seinem ungeduldig die Mähne schüttelnden Shetland-Pony querfeldein einem höheren Offizier entgegensprengt, der ihn freundlich zu sich heranruft. Es läßt sich nicht leugnen, sie passen gut zusammen, der hübsche Junge und das mutige kleine Pferd.

* * *

Eine halbe Stunde später steht Anna Marie in der großen Halle Ulmenhofs, der Halle, die, quer durch den Mitteltrakt des Schlosses gehend, auf der einen Seite in das gegen die Straße zu gelegene schmale Vorgärtchen, auf der anderen in den endlosen Park mündet.

Anna Marie sieht sich um – sucht etwas. Ihr Auge gleitet über die seltenen Waffen und vielen alten Bilder, meist Familienporträts der Altenrieds, an der Wand hin, gleitet über einen sehr schönen, großen Kamin in roter Marmorverkleidung, der in die Mauer eingelassen ist und vor dem ein weißes Bärenfell liegt, über ein Klavier mit einer malerischen Decke aus altem Brokat, über allerhand schöne oder bequeme Möbel, schwere Tische und Stühle nach alten Renaissancemustern geschnitzt aus braungebeiztem Eichenholz, in freundlicher Gemeinschaft mit englischen Lehnstühlen aus Korbgeflecht und mit orientalischen Teppichen bedeckte niedrige Diwans. Überall erblickt Anna die Spuren einer geschmackvollen Hausfrau, die Hausfrau selber erblickt sie nicht. Ein Gefühl demütigender Enttäuschung und noch unklaren, aber um so drückenderen Mißbehagens bemächtigt sich ihrer. Daß Kitty es nicht über sich gebracht, quer durch das Manöver hindurch zu fahren, um sie auf der Bahn zu begrüßen, hat sie begriffen, daß aber Kitty nicht auf der Schwelle des Hauses steht, ungeduldig des Augenblicks harrend, wo sie sich ihr in die Arme stürzen kann, das begreift sie nicht. Die Tränen treten ihr in die Augen, sie nagt ungeduldig an ihrer Oberlippe, als eine Erscheinung, die ihr anfangs völlig fremd dünkt, eine schlanke, vornehme Erscheinung mit weich um sie hinfließendem blaßgrauem Morgenkleid die Treppe herunterkommt; ein kleines Mädchen mit schwarzen Strümpfen und einem gestickten weißen Schürzchen hüpft neben ihr her.

»Anna! Du liebe alte Anna!« Mit den Worten schließt die junge Frau Fräulein von Hohleisen in die Arme.

Ja, das ist Kitty, noch immer schön, schöner denn je, aber nicht zum Erkennen! Um einen halben Kopf gewachsen, das Gesicht länger und schmäler, die Augen größer, die Züge fester herausgemeißelt, das Haar dunkler. Und wie sie sich in den sie umgebenden Wohlstand hineingefunden hat! Nicht nur in ihrem Äußeren, sondern in ihrem ganzen Wesen ist etwas Fremdes, Unbefriedigendes; sie erwidert Annas Küsse zerstreut, befangen, wehrt sie fast von sich ab. »Das ist Käthe«, ruft sie, auf das kleine Mädchen zeigend, »meine kleine Nichte, mein Töchterchen auch, wie du's nimmst. Gib doch der Tante einen Kuß, Käthchen, und dann spring hinunter zur Haushälterin, sag ihr, sie möge eine Tasse Bouillon zu Fräulein von Hohleisen hinaufschicken, sie weiß schon, welche Zimmer vorbereitet sind. Du nimmst doch eine

Tasse Bouillon, Anna, vor dem Lunch. Das Lunch ist heute etwas später wegen des Manövers.«

»Ach, ich habe keinen Hunger«, erwidert Anna Marie gedrückt.

»*L'appétit vient en mangeant*«, versichert Kitty; dann dem geschäftig davonhüpfenden kleinen Mädchen nachsehend, murmelt sie: »Wie die läuft, sie ist selig, wenn ich ihr einen Auftrag gebe. Findest du sie nicht hübsch?«

»Sehr hübsch«, versichert Anna Marie, »sie sieht dir ähnlich ... so wie du warst.«

»Das sagt man mir allgemein«, ruft Kitty lebhaft aus, »alle drei sehen mir ähnlich. Hast du die beiden Jungen nicht bemerkt bei dem Manöver?«

»Ja, der Diener hat mich auf die jungen Herren aufmerksam gemacht.«

»Nicht wahr, sie sehen entzückend aus auf ihren Pferdchen, besonders der kleine? Ich freue mich schon so, dich näher mit ihm bekannt zu machen. Ach, was die drei Kinder hier vergnügt sind! 's ist, als ob sie in Ulmenhof geboren wären, so haben sie sich bereits hineingelebt! Sie waren schon recht matt und blaß, und jetzt ... drei frische Blumen, dafür kann ich nicht dankbar genug sein.«

Damit sind sie die Treppe hinaufgestiegen, sind einen langen Korridor entlang gegangen. Jetzt öffnet Kitty eine Tür und sagt: »Das ist dein Logis; ich hoffe, es gefällt dir, damit du lange bei uns bleibst.«

Wie hohl das alles klingt, wie eine auswendig gelernte Höflichkeitslektion, die man vor dem ersten besten hinplappert!

Die vorbereiteten Zimmer, ein Schlafzimmer und ein Salon, beide mit hellschattierter Crétonne tapeziert, sind so reizend und einladend als möglich, aber was liegt Anna Marie daran. Kaum ein Wort kann sie herausbringen als Erwiderung auf Kittys Phrasen – anders kann sie die Gemeinplätze der jungen Frau nicht bezeichnen.

Ein Diener in tadelloser Livree bringt den kleinen Imbiß herauf, den Kitty zur Stärkung der Freundin bestellt hat, aber Anna Marie kann nichts essen.

Kittys Augen werden glänzend, und dunkelrote Flecken treten auf ihre blassen Wangen heraus. Ihr Gesichtsausdruck ist nicht der einer wirklich vergnügten Person. »Sie überwindet sich offenbar«, denkt Anna Marie bei sich, »aber zu was die Komödie vor mir?«

»Ich hab mich so gefreut auf dich«, versichert die junge Frau, immer rascher und rascher sprechend; »daß du so bald kommen würdest, hab ich gar nicht erwartet.«

»Wirklich nicht?« ruft Anna Marie mit nicht mehr zu unterdrückender Bitterkeit aus, »dann tut es mir sehr leid, überhaupt gekommen zu sein. Ich war dumm, auf deinen Brief hin bildete ich mir wirklich ein, du brauchtest mich.«

Im nächsten Augenblick bereut sie ihre Heftigkeit. Kitty ist totenblaß geworden. Sie nimmt die Hand ihrer alten Freundin und drückt sie demütig an ihre Lippen. »Anna! ich bitte dich, sei nicht so böse«, ruft sie flehend, »und … fahr mich nicht so an, ich kann's nicht aushalten! Ich bin wie ein Kartenhaus, man braucht mich nur anzurühren, so fall ich in mich zusammen. Wenn du wüßtest, wie schwer mir's ist …! Aber es ist undankbar von mir, und schließlich, es ist ja alles nicht so arg … nur meine Gesundheit ist ein wenig angegriffen – das alte Herzleiden – du weißt! Der Brief an dich ist auch in solch üblem Augenblick entstanden; kaum war er fort, so wär ich ihm am liebsten nachgelaufen. Was mußt du dir gedacht haben – und es ist alles nicht so, ich bin ganz zufrieden …« Plötzlich bricht sie ab, ihr Gesicht nimmt einen horchenden Ausdruck an, der sich langsam in Abscheu und Schrecken verwandelt. Sie zittert an allen Gliedern.

Ein schwerer Tritt nähert sich dem Boudoir, dann klopft es an der Tür.

»Mein Mann!« sagt Kitty. Nie wird Anna den Ton ihrer Stimme vergessen!

Im nächsten Augenblick tritt er ein.

»Hoffentlich störe ich nicht«, beginnt er, worauf er sich ziemlich steif vor Anna Marie verbeugt und sie, an seine alte Bekanntschaft mit ihr anknüpfend, willkommen heißt. Er ist sich ziemlich gleich geblieben, nur ist seine Figur jetzt noch schwerfälliger und sein Gesicht stärker gerötet, auch tritt ein Ausdruck brutaler Sinnlichkeit deutlicher als früher darauf hervor.

Anna Marie reicht ihm die Hand und sagt etwas Höfliches; er achtet nicht darauf. Während sie spricht, blickt er auf Kitty.

»Ich hab's ja gewußt, du hast dich wieder aufgeregt«, bemerkt er gereizt; »du weißt, was der Arzt dir anbefohlen hat – vor allem keine Aufregung!«

»Ja, ja, Karl«, murmelt Kitty demütig, »aber ich versichere dir, *die* Aufregung hat mir nicht geschadet.«

»Das kennt man«, ereifert sich Herr Förster, »die Frauen sind alle so! Was ihnen angenehm ist, das schadet ihnen nie, wenn sie sich aber den geringsten Zwang anlegen sollen, dann schützen sie ihre Nerven vor und legen sich zu Bett.«

»Ich versichere dir, daß ich mich morgen nicht zu Bett legen werde«, erwidert Kitty hastig begütigend.

»Das hoff ich«, repliziert Herr Förster, »und drum bitte ich dich, deine Kräfte zu schonen, damit du mich nicht vor meinen Gästen beschämst!«

»Ich werde mein möglichstes tun, ich versprech's dir«, murmelt Kitty.

»Was ich noch sagen wollte – die Offiziere speisen heute bei dem General in Ilmenau, sie fallen also diesen Abend weg beim Diner; morgen ist ein Liebesmahl in Hanau, an dem sie teilnehmen, doch haben sie mir versprochen, bei uns zu soupieren. Für zehn Uhr kannst du das Abendessen bestellen, Kitty!«

Kitty ist leichenblaß geworden, die unheimlichen roten Flecken unter ihren Augen abgerechnet, aber sie lächelt und erwidert nichts.

Indem hört man von neuem Schritte draußen, polternde, kleine Schritte diesmal, dann greift eine Hand an die Klinke, und ein frisches, zwitscherndes Stimmchen ruft atemlos: »Dürfen wir herein?«

Alle drei Kinder stürzen herein, der kleine Hans, in dunkelblauem Matrosenkostüm und roten Strümpfen, an der Spitze. Kaum daß man sie bewogen hat, die neue Tante mit gebührendem Respekt zu begrüßen, so drängen sie sich um Kitty herum. Hans, der schon ein ziemlich großer Bengel ist, springt ihr auf die Knie, umhalst und küßt sie und erzählt, zwischen jedem Wort nach Atem schnappend – so sehr hat er sich getummelt, ihr seine Nachrichten zu bringen –: »Es war wunderschön, Tante Kitty, so schade, daß du nicht dabei warst. Herr von Delormes hat uns dem General vorgestellt und der General hat lange mit uns geplaudert und er sagt, wenn wir groß sind, müssen wir beide Offiziere werden.«

Kittys Gesicht hat sich verändert, es strahlt vor Stolz und Freude, seitdem sich die kleine Schar um sie herum versammelt hat. Aber auch an Förster hat sich eine Wandlung vollzogen. Zum erstenmal erspäht Anna in seinem Blick eine Spur von Wohlwollen; offenbar teilt er bis zu einem gewissen Grad Kittys Gefallen an diesen lieblichen Kindern, betrachtet sie als sein Eigentum, ist stolz auf ihre Schönheit, auf ihren Freimut, auf ihre Zutraulichkeit im Verkehr mit großen Herren, die ihm sein lebenlang ein gewisses heiliges Grauen eingeflößt haben. Er streicht ihnen über das Haar und läßt sich von ihnen alle Einzelheiten ihrer Triumphe erzählen. Dann sich an Anna wendend, meint er: »Ich lasse Ihnen die drei Schreihälse hier zu Ihrer Unterhaltung, gnädiges Fräulein, werfen Sie dieselben nur hinaus, sobald sie Ihnen lästig geworden sind. Dich, Kitty, muß ich bitten, ein wenig mit mir auf mein Zimmer zu kommen, ich habe noch allerhand mit dir zu besprechen wegen morgen abend.«

»Ja, wegen des Festes«, murmelt Kitty, von neuem den Kopf senkend.

»Was für ein Fest?« fragt Anna Marie unruhig.

»Ich veranstalte alle Jahre eine kleine Privat-Sedanfeier«, erklärt Herr Förster, »und da ich heuer das Glück habe, mehrere unserer Helden unter meinem Dach zu beherbergen – sieben Offiziere liegen bei uns im Quartier –, so möchte ich alles daran wenden, die Feier dieses Jahr recht glänzend zu gestalten.«

Damit verschwinden er und Kitty. »Großer Gott!« ruft Anna Marie aus, wie sich die Tür hinter ihm geschlossen hat.

»Warum sagst du großer Gott?« fragt der kleine Hans, indem er altklug den blonden Kopf der linken Schulter zuneigt, »kannst du auch keine Offiziere leiden, wie Tante Kitty?«

»Kann Tante Kitty keine Offiziere leiden?« fragt Anna.

Der ältere Junge Fritz fällt seinem kleinen Bruder überlegen ins Wort: »Ach was, der versteht das ja noch nicht; gegen die Offiziere hat die Tante nichts, sie kann nur den Krieg nicht leiden, und die Offiziere regen sie auf, weil die sie an den Krieg erinnern!«

»Aber was bist du wieder einmal gescheit«, eifert sich der kleine Hans, »der Krieg und die Offiziere, das gehört ja zusammen, die Offiziere sind doch nicht nur zum Anschauen. Wenn der Friede assekuriert wäre, da würde bald kein anständiger Mensch in der Armee dienen.«

»Das ist ja selbstredend, du plapperst doch nur nach, was ich dir neulich gesagt habe, du Grasaffe«, behauptet Fritz; »aber deswegen hab ich doch recht und die Tante hat nichts gegen Offiziere – nur gegen den Krieg. Aber der Krieg muß doch sein, wenn die Ehre des Vaterlandes ihn fordert.«

Trotz ihrer großen Verstimmung verbeißt Anna Marie ein Lächeln. Indessen hat sich die kleine Käthe an sie herangeschlichen. »Ach, ich weiß es besser als die Jungen«, flüstert sie ihr ins Ohr, »die Tante hat einmal einen Offizier lieb gehabt und der ist bei Sedan gefallen – du weißt, die große Schlacht, wo wir die Franzosen geschlagen haben – und seitdem kann sie keine Uniformen sehen, das hat mir unsere alte Veronika erzählt; aber sag nichts davon, es kränkt die Tante, wenn man davon spricht, und den Onkel – o, vor dem dürftest du's schon gar nicht erzählen, den macht's wütend. Ich hab ihn einmal gefragt, ob's wahr ist, und da hat er mir eine Ohrfeige gegeben.«

* * *

»Dreizehn bei Tisch!«

Es ist Frau von Manz, welche diese mit einem abergläubischen Schauder verbundene Bemerkung macht, dieselbe korpulente Rheinweinkönigin, welche bei Anna Maries erstem Besuch Ulmenhofs den Hausherrn vor den dort umgehen sollenden Spukgespenstern gewarnt hat.

»Dreizehn bei Tisch!« Damit tritt sie von ihrer unbefugten Inspektion der Lunchtafel in die Halle, wo die sämtlichen vom Manöver zurückgekehrten Gäste versammelt sind.

Man wartet auf das Erscheinen der Hauswirte und Annas, um sich in den Speisesaal zu begeben, wartet nicht ohne eine gewisse Ungeduld, denn man hat einen tüchtigen Hunger vom Manöver mitgebracht. Frau von Manz zählt heute wie vor zehn Jahren zu den Löwinnen von Frankfurt, obgleich sie bereits einen erwachsenen Sohn hat. Sie ist noch stärker als früher, was sie nicht verhindert, rüstig bis in die höchsten Sprossen der socialen Leiter hinaufzuklimmen. Das ihr zur Wohltätigkeit im größten Maßstabe einen weiten Spielraum eröffnende Feldzugsjahr hat ihr in dieser Richtung gewaltigen Vorschub geleistet; der greise Heldenkaiser hat sie seitdem bereits zweimal besucht, und sie ist mit dem Luisenorden ausgezeichnet worden.

»Dreizehn bei Tisch – mir ist das sehr unangenehm, es ist das eine Rücksichtslosigkeit der Hauswirte!« wiederholt sie verdrießlich.

»Wer von uns ist zu viel?« ruft gutmütig Frau Stutzmann, die Schwägerin der Rheinweinkönigin, eine noch immer sehr hübsche

Witwe von einigen vierzig Jahren; »ich eß mit den Kindern am Katzentisch.«

»Ach, das nützt nichts«, ereifert sich Frau von Manz, »wenn einmal die Tafel für dreizehn gedeckt war, gibt's a Unglück; 's ist ohnehin nicht geheuer in Ulmehof. Es spukt ja hier, daß alles wettert. Meine Jungfer ist heute im tiefste Negligé heruntergelaufe gekomme aus ihrem Stübche zu mir mitte in der Nacht, weil sie's rings um sich wie Gespenster hat rausche gehört. Noch ein Minutche länger, und der junge Herr von Altenried wär ihr erschiene, behauptete sie.«

»Ihre Jungfer ist eine Person mit krankhaft aufgeregten Nerven«, bemerkt Fräulein von Mühlhausen. Wegen absoluter Unmöglichkeit, auf eigene Kosten allein weiter zu leben, und weil ihr dienstbarer Geist Auguste ihr mit einem Korporal untreu geworden ist, hat Hildegard im Laufe des Feldzugsjahres einen Gesellschafterinnenposten bei Frau von Manz angenommen. Das Wohlleben hat nichts dazu beigetragen, die noch immer latenten Keime ihrer Liebenswürdigkeit zu entwickeln. Sie ist unangenehm gegen jeden und reibt ihre erhabenen Weltanschauungen noch immer mit unverdrossener Energie allen ihren minder erhabenen Mitmenschen vor. Sie grämt sich auch noch immer darüber, kein Mann zu sein, was sie nicht verhindert, die geringen Vorteile ihrer weiblichen Position, wie z. B. das Recht, impertinente Bemerkungen zu machen, die niemand von einem Mann dulden würde, recht gründlich auszunützen.

»Wenn jemandem einer der verstorbenen Altenrieds erscheinen würde, so wär's mir«, erklärt sie jetzt großartig, »ich stehe ihnen unter allen hier Anwesenden am nächsten. Ich glaube nicht, daß einer meiner Vettern sich vergessen würde, in dem Zimmer einer Kammerjungfer umzugehen!«

Fräulein von Mühlhausen trägt ein himmelblaues Battistkleid und einen großen schwarzen Federhut, sie reckt das Kinn in die Höhe, während sie die soeben angeführten, inhaltsschweren Worte ausspricht, und sieht dabei außerordentlich erhaben und ein wenig unternehmend aus.

»Ich leg für keinen Mann die Hand ins Feuer, nicht einmal für sein Gespenst«, sagt gelassen Frau Stutzmann.

Hierauf erklärt Hildegard spitz: »Den Männern im allgemeinen gegenüber mögen Sie ja mehr Erfahrungen haben als ich, beste Frau

Stutzmann, aber meine Vettern von Altenried dürfte ich doch etwas genauer kennen als Sie.«

Frau Stutzmann erwidert nichts, sie sagt nur so halb vor sich hin, halb zu Herrn von Manz, dem Sohn der Rheinweinkönigin, einem sehr hübschen jungen Mann mit braunem sympathischem Gesicht und offenbar viel Johannisberger in den Adern, der ihr über die Schultern guckt, während sie in einem Haufen alter Photographien kramt:

»Warum sich das Monopol der Moral immer in den Händen von so ausgesucht unangenehmen Persönlichkeiten befindet! Es schadet dem Vertrieb ungeheuer!«

»Und bringt den Artikel in Mißkredit«, flüstert Herr von Manz.

»Auf welche Art ware Sie denn eigentlich mit dem reizende Alteried verwandt, Fräulein von Mühlhause?« fragt jetzt Frau von Manz.

»Sein Vater und meine Mutter waren Geschwister«, erklärt Hildegard.

»So, wirklich, das ist höchst merkwürdig«, bemerkt sinnend Frau von Manz, »Familienähnlichkeit zwische ihm und Ihne besteht keine!«

»O ja, für den Kenner, aber man muß sich von Jugend an geübt haben, die übereinstimmenden Linien von Rassegesichtern zu beobachten, um es zu bemerken!« erklärt die Mühlhausen.

Solche Liebenswürdigkeiten wechseln die Rheinweinkönigin und das Fräulein von altem Adel alle Tage, dennoch ist die Mühlhausen die einzige Gesellschafterin, welche es längere Zeit hindurch bei Frau von Manz ausgehalten hat. Sie ist nämlich die einzige, welche es je gewagt, ihrer Prinzipalin deren Grobheiten zurückzugeben – das stellt das Gleichgewicht ihrer gegenseitigen Beziehungen her.

»Ich kann Ihnen übrigens versichern«, fährt Hildegard zu Frau von Manz gewendet fort, »daß ich öfters gefragt worden bin, ob ich Hans von Altenrieds Schwester sei?«

»Seine Tante, meinen Sie vielleicht«, sagt phlegmatisch Frau von Manz.

Fräulein von Mühlhausen wird feuerrot und reißt sich mit einer heroischen Gebärde den Hut vom Kopf – »Gnädige Frau!« hebt sie an.

»Ja, auf was warten wir denn eigentlich?« bemerkt Frau Stutzmann, einer Scene vorbeugend.

»Auf was warten wir?« fragt Emma Becker. Sie heißt noch immer Becker, und ist noch immer darauf angewiesen, von einem Bekannten zum anderen zu reisen, und ihre Einkünfte an das Begleichen ihrer Schneiderrechnung zu wenden. Sie ist auch noch immer hübsch, aber ihr inneres Gleichgewicht scheint durch ihre lange Einsamkeit einigermaßen gelitten zu haben. Wenn sie keine Courmacher hat, so studiert sie Schopenhauer, und stellt Betrachtungen an über die Nichtigkeit des Daseins.

»Ja, auf was warten wir?« fragt sehr hungrig und etwas unzufrieden eine junge Cousine des Hausherrn, die indessen begonnen hat, mit dem Hofmeister des kleinen Fritz Federball zu spielen.

»Kitty ist doch nicht wieder unwohl geworden? Sie sah beim Frühstück recht elend aus, so blaß und hohlwangig«, bemerkt Emma und fährt sich mit Daumen und Zeigefinger über ihre eigenen runden, etwas zu stark gefärbten Backen. »Gar nicht mehr hübsch!«

»Hübsch wird sie bleiben bis zum letzten Augenblick«, behauptet Frau Stutzmann, »aber zum Erbarmen hat sie ausgesehen.«

»Zum Ins-Grab-Lege«, bekräftigt Frau von Manz und schüttelt sich. »Ach was, ich hab's dem Förster immer gesagt, ich hätt de Ulmehof nie kauft. Er wird nicht lang drin bleibe. Die Alteried dulde's einmal net, daß der Ulmehof einem andre als ihne gehört. 's ist ein Unglückshaus, und den, de kei Gespenst heraustreibt, de treibt eine Leich hinaus!«

»Um Gottes willen, was meinst du?« ruft ganz entsetzt Frau Stutzmann.

»Wir habe deselbe Arzt«, fährt Frau von Manz gelassen fort, »die Kitty Förster und ich. Und der hat mir gesagt ...«

In dem Augenblick hört man das scharfe Klirren einer Glasvase, die zu Boden fällt. Frau von Manz hält inne, sieht auf ... Ihr Sohn hat sich nicht anders helfen können! Das ist so seine Art: wenn er ihren Redefluß plötzlich zu hemmen für nötig findet, wirft er etwas um.

Die Treppe herunter kommt Anna Marie, umgeben von den drei Kindern, etwas hinter ihr zeigen sich Herr Förster und Kitty.

* * *

Jetzt ist es Abend nach dem Diner. Wieder hat man sich in der großen Halle versammelt. Auf einem geschnitzten Eichentisch stehen noch die zierlichen Kaffeetassen, geschliffene Liqueurgläschen und Flaschen mit verschiedenfarbigem Schnaps, dazwischen ein paar eilig abgerissene Briefumschläge, aus denen ein betriebsamer Markensammler eine Ecke herausgezupft hat, und Zeitungen. Die Abendpost ist bereits eingelaufen und abgefertigt worden, die Gesellschaft hat sich in dem großen Raum zerstreut. Die Damen scheinen die Abwesenheit der Offiziere schmerzlich zu empfinden; Herr von Manz und der Hofmeister, ein strebsamer junger Gelehrter, der sich hauptsächlich Emma Becker widmet, tun ihr möglichstes, die abwesenden Krieger zu ersetzen, aber mit mäßigem Erfolg.

Am tiefsten scheint die erhabene Hildegard von der in den geselligen Kreis hineingerissenen Lücke ergriffen zu sein. Sie hat sich des Armes Anna Maries bemächtigt und durchwandelt jetzt mit ihr die verödeten unteren Empfangsräume des Schlosses.

»An diesem Tisch pflegen sie Whist zu spielen – hier trinken sie Cognak – hier saß ich gestern mit einem von ihnen beim Schach«, seufzt sie elegisch. »Ach, Sie können sich nicht vorstellen, wie öde und leer mir heute die Halle erscheint, das alte Soldatenblut rumort mir in den Adern, seitdem ich wieder Uniformen sehe. Man ist nicht umsonst eine Generalstochter.«

Anna Marie horcht zerstreut. Müde, innerlich wund von den peinlichen Eindrücken des Tages, wartet sie schon seit längerem eine Gelegenheit ab, sich unbemerkt zurückzuziehen. Wenn sie sich nur von der alten Schwätzerin losmachen könnte, denkt sie. Vorläufig ist keine Aussicht dazu. Hilfeflehend blickt sie über die Anwesenden hin. In den klugen, jungen Augen des Herrn von Manz scheint einiges Verständnis aufzudämmern.

Indes fährt Fräulein von Mühlhausen fort: »Sie haben doch die Liebesgeschichte Kittys mit erlebt, so gut wie ich. Sie erinnern sich, wie sie sich nach Eröffnung des Feldzuges gebärdet hat, wie eine Verrückte – und jetzt ... Begreifen Sie Ihre Heirat! ... Einen Herrn Förster heiraten, wenn man die Braut Hans von Altenrieds gewesen ist! Wenn ich mir nur um solchen Preis den Wohlstand hätte erkaufen können, wär ich mein Lebtag lang lieber arm geblieben wie ein Bettelmönch!«

Der Atem Anna Maries wird kurz, das Blut pocht ihr in den Schläfen, indessen fährt die Mühlhausen, sich immer noch an ihrem Arm festklammernd, fort: »Ich habe in dieser Hinsicht freilich eine geradezu legendäre Beständigkeit aufzuweisen. Ich war eines der umworbensten Mädchen, die es je gegeben hat – verstehen Sie mich recht – ich war umworben, gegen meinen Willen; bis zu einem direkten Heiratsantrag hab ich's nie kommen lassen, dazu braucht man es nicht kommen zu lassen, wenn es einem nicht darum zu tun ist; jedes Mädchen kann es sich so einrichten, ihren Verehrern die letzte Demütigung zu ersparen. Dies ist meine Ansicht – ich habe die Macht, die ich ohne mein Hinzutun über die Männer ausübte, nie mißbraucht – aber ich habe mich auch nie darüber gefreut. Ich habe mich ein einziges Mal für einen Mann interessiert – ein junger Offizier war's, mit dem ich sechs Stunden lang in einer Postkutsche gefahren bin. Ich habe nie ein Wort mit ihm gesprochen, ich habe ihn seither nicht wiedergesehen, aber ...«

Immer hilfeflehender richten sich Anna Maries Augen auf den verständnisvollen Herrn von Manz. Er entschließt sich endlich, der Nächstenliebe ein großes Opfer zu bringen. Auf die beiden Damen zutretend, sagt er zu Hildegard: »Gnädiges Fräulein, ich hätte eine Bitte an Sie. Möchten Sie nicht eine Partie Bezique mit mir spielen? – bitte, bitte!«

»Vielleicht wird Fräulein von Hohleisen ...« wehrt sich die Mühlhausen sehr geschmeichelt.

Herr von Manz und Anna Marie wechseln Blicke. »Nein, nein, nein«, entgegnet energisch der junge Mann, »mein Flehen richtet sich an Sie und nicht an Fräulein von Hohleisen. Bitte ...« Er faltet die Hände wie ein Kind, das um Bonbons bettelt.

Mit einem Seufzer entschließt sich Hildegard, Anna Marie freizugeben; dann, während sie am Arm ihres hübschen jungen Ritters dem Spieltisch zuschreitet, sieht sie über ihre Schulter weg nach Anna Marie mit einem Blick, der deutlicher als Worte spricht: »Da sehen Sie's! Noch immer!!!«

*　*
*

Anna Marie seufzte auf, als sie sich endlich zurückziehen durfte. Mit großer Genugtuung schloß sie die Tür ihres kleinen Salons hinter sich zu. Eine Centnerlast lag ihr auf der Brust. Sie öffnete ein Fenster, die Nachtluft drang herein. Über dunklen Baumkronen sah sie ein großes Stück dicht mit Sternen besäeten Himmels, sonst nichts. Das erste Herbstseufzen rauschte durch die Blätter, die Flamme der Kerze, welche sie auf einen Tisch gestellt hatte, flackerte hin und her.

Da, hastig und heimlich näherte sich ein Schritt der Tür. Die Tür öffnete sich, Kitty trat ein.

»Ich bin nur heraufgekommen, um mich zu überzeugen, ob du nicht etwas brauchst«, murmelte sie.

»Nein, danke«, erwiderte Anna ziemlich kühl, »es ist alles in schönster Ordnung. Ich bin einen derartigen Luxus gar nicht gewohnt.«

»Ich hab mich bemüht, es dir recht hübsch zu machen«, sagte Kitty, demütig das Köpfchen senkend, mit dünner, klangloser Stimme.

»Ich bin dir sehr dankbar dafür«, erwiderte Anna förmlich. Die Knie zitterten unter ihr, sie setzte sich nieder, um ihre Aufregung besser zu beherrschen. Kitty schlug die Augen zu ihr auf. Was für Augen! so voll tiefer Beschämung und grenzenloser Seelenpein. Eine Minute verging; Kitty griff geistesabwesend nach einem Buch, das auf dem Tische lag – sie ließ das Buch fallen. Plötzlich wendete sie sich zur Tür, drehte den Schlüssel um, dann mit der Hast eines Verdurstenden, der auf eine Quelle losstürzt, eilte sie auf Anna Marie zu, und neben ihr zusammenbrechend, barg sie den Kopf in ihrem Schoß. Ein Weilchen schluchzte sie stumm, während Anna Marie tief erschüttert ihr weiches Haar streichelte. Endlich hob sie das Haupt, und noch immer am Boden kauernd, die Wange gegen das Knie der Freundin gestützt, stieß sie hervor: »Ich hab dir vorgelogen, den ganzen Tag, ich kann nicht mehr! Sieh mich nicht so an – ich kann's nicht aushalten. Immerfort ist mir's dabei, als ob du mich fragtest, wie ich das im stande war. Ja wie ... mein Gott!« Kitty grub sich beide Hände in ihr Haar und schrie es ganz schrill in die Nachtstille hinaus: »Wegen der Kinder hab ich's getan! Das mußt du doch erraten haben – wenigstens das! Ich dachte an nichts mehr als an die Kinder. Eins von ihnen wurde krank. Du weißt nicht, was das ist, einen so zarten, hilflosen Wicht wimmern und sich krümmen und vor deinen Augen hinschwinden sehen, und weißt auch nicht, wie einem so ein Kind ans Herz wächst, wenn man es aus einer Todkrankheit herausgepflegt hat! Als der kleine Hans wieder gesund war, hatte ich vergessen, daß ein anderer so geheißen – ich dachte an nichts mehr als an die Kinder, und was nicht mit ihnen zusammenhing, fühlte ich nicht! Und als gar die abscheuliche Frau ins Haus kam und ich merkte, daß ... ach, ich konnt's nicht aushalten, die Kinder so verkümmern zu sehen – an Leib und Seele verkümmern! Ich verkaufte mich meinem Mann, ja ich verkaufte mich für eine Summe, die er auf mich schreiben ließ, um die Zukunft der Kinder zu decken, und dafür, daß er mir erlaubte, die Kinder unter sein Dach zu nehmen!«

Kitty schwieg. Anna Maries Herz klopfte stark und schnell. Sie heftete die Augen auf den blauen Himmel über den rauschenden schwarzen Baumkronen, auf den blauen Himmel, aus dem Milliarden von goldenen Sternen herausglitzerten – dieselben Sterne, die damals heruntergestrahlt hatten auf das Leichenfeld von Sedan. Wie unwesentlich erschien eine kleine Menschenexistenz gegen diese leuchtende Unendlichkeit, und doch, welche Fülle von Schmerz hatte Platz in so einem armseligen, der Fäulnis geweihten Menschenherzen!

»Ich hatte ihn geheiratet aus Verzweiflung«, hub Kitty von neuem an; ihre Stimme klang matt und heiser, sie schleppte die Worte mühsam über ihre vom Fieber heißen Lippen. »Alles in mir war starr – davon, was ich auf mich genommen, hatte ich mir keine rechte Vorstellung gemacht, ich war zu stumpf, zu elend dazu, und – die Erinnerung war tot, ich glaubte es zum wenigsten ... ach!«

Mit einemmal richtete sich Kitty auf. Ihr Haar aus dem Gesicht streichend, stand sie vor Anna Marie, mit weit aufgerissenen Augen, totenbleich. »Aber jetzt lebt die Erinnerung in mir – kannst du dir das vorstellen? – das Grauen hat sie lebendig gemacht, das Grauen vor meinem Mann! Du hast keine Ahnung, was das für ein Grauen ist – und zu gleicher Zeit ...« Kitty stützte sich mit einer Hand auf die Platte des Tisches, neben dem sie stand, und schloß die Augen – »jetzt wandelt er neben mir Tag und Nacht, er, den ich vergessen hatte; ich höre seine Stimme, ich fühle seinen Kuß, und mitten aus dem Grauen, ja mitten aus dem Grauen heraus, kommt mir ein Durst nach Glück! Ich denke mir, wie das so gewesen wäre! ... Wenn ich wenigstens ruhig träumen dürfte, ich hielte alles aus; aber so ... nicht eine Minute in den vierundzwanzig Stunden von einem Sonnenaufgang zum anderen frei sein, nicht eine Stunde allein sein dürfen, wenn's meinem Mann nicht beliebt! Es gibt keine Gefangenschaft wie die! Was soll ich tun – was soll ich tun! Anna, hilf mir!«

Eine lange Pause folgte; draußen seufzte der Nachtwind in den Bäumen, und die Sterne über ihnen funkelten aus dem Himmel heraus.

Nach einigem Nachdenken sagte Anna: »Eine Trennung von deinem Manne müßte zu erreichen sein; wenn du dich vor dem Aufruhr, den die Sache veranlassen würde, nicht scheust, so laß alles liegen und stehen und komm zu mir. Ich will dich mit Freuden bei mir behalten und dich vor deiner Qual schützen, so gut ich kann.«

»Ach du Gute, du Liebe!« Mit einem jubelnden Ausruf stürzte Kitty auf Anna zu, die sich aufgerichtet hatte und die Arme nach ihr ausstreckte. Plötzlich blieb sie stehen, griff sich an die Stirn – »Aber die Kinder!« murmelte sie vor sich hin, ohne Anna anzuschauen.

»Nimm sie mit, wir beide zusammen werden es noch fertig bringen, sie zu ernähren, sie vor Kälte und Hunger zu schützen und zu anständigen Menschen zu erziehen.«

»Ja, ja«, murmelte Kitty – »du bist engelsgut. – Ernähren, vor Kälte und Hunger schützen ... aber die Zukunft – die Summe, welche ich von ihm genommen hab für die Kinder, um ihre Zukunft zu sichern – die ... die ...!«

»Gib sie zurück«, sagte Anna Marie, ohne einen Augenblick zu zögern.

»Wie kann ich sie zurückgeben«, ächzte Kitty, »ich hab mich ja verkauft um der Kinder willen! Ja, früher – früher wär ich wohl auf deinen Vorschlag eingegangen; jetzt aber – ich kann nicht mehr! Verachte mich, Anna! aber die Kinder fühlen sich wohl in dem neuen Reichtum, sie freuen sich daran, ich könnte sie nicht mehr darben sehen; und wenn ich noch einmal zu wählen hätte, ich nähme die ganze Marter noch einmal auf mich um der Kinder willen!«

»Kitty!« rief Anna Marie entsetzt, ihr voll in die Augen sehend; aber Kitty wich ihrem Blick aus, und den Kopf abwendend, murmelte sie, mit den Achseln zuckend, fast trotzig: »Es ist so!«

Anna Marie maß sie vom Kopf bis zu den Füßen kalt und streng. »Und wenn es so ist«, sagte sie, »wenn es so ist, so beklage dich nicht; unter den Umständen hast du kein Recht dazu.«

»Anna!« rief Kitty flehentlich, die kleinen Hände ausstreckend. Aber Anna Marie wendete sich ab.

Da seufzte Kitty tief, senkte den Kopf und verließ das Zimmer.

* *
*

Die Nacht, welche auf diese Auseinandersetzung folgte, verbrachte Anna Marie schlaflos. Anfänglich kochte noch die Empörung über Kittys Schwäche in ihr. »Wie hat sie das tun können! Eher hätte sie sich umbringen sollen – es wäre alles besser gewesen als *das*!« wiederholte sie sich unaufhörlich.

Für Anna Marie, so wie sie nun einmal beschaffen war und ihre vollen fünfzig Jahre lang in romantischer Überspanntheit neben dem Leben hinexistiert hatte, ohne sich auch nur ein einzigmal praktisch hineinzumischen, gab es nichts Demütigenderes, Beschämenderes auf der Welt als gerade das. »*Das*« bedeutete: eine Ehe wie die, in welche sich Kitty hineingefügt. Trotz ihrer unendlichen Güte war Anna Marie doch ein wenig erstarrt in der unbeirrten, schroffen Reinheit, die ihr Lebenselement ausgemacht hatte.

Nach einem Weilchen verflüchtigte sich ihr Zorn gegen Kitty. Das Mitleid gewann die Oberhand. Sie machte sich nun Vorwürfe darob, das blasse zitternde Geschöpf so hart angelassen zu haben. Wie hatte sie, deren Edelmut stets frei und unbehindert seine geraden, vom Schicksal fein säuberlich geebneten Pfade entlang gewandelt war, sich erkühnen dürfen, ein armes Ding zu verurteilen, das sich in einer so verwickelten Lage befand wie Kitty!

Mein Gott, seinen geraden Weg gehen auf Kosten eigener Entbehrung, das war ja nichts – aber ihn gehen quer über die neu erblühte Freude von drei zarten Geschöpfchen, an denen man mit jeder Herzensfaser hängt, das war freilich ein ander Ding.

»Arme Kitty! arme süße, kleine Kitty!« murmelte sie einmal um das andere, »sehr stark war sie ja nie, sie hatte immer mehr Herz als Verstand. Solche Geschöpfe begehen manchmal ein Verbrechen aus Liebe.«

Mit einemmal schlich sich ein neues Mißbehagen kalt und beklemmend um ihr Herz. Sie dachte an die von Herrn Förster geplante Sedanfeier.

Ein Feuerwerk, Lärm, Militärmusik – sie setzte sich im Bett auf, ein kalter Schweiß trat ihr auf die Stirn. Wie sollte Kitty das überstehen. Sie hätte alles in der Welt geben mögen, um ihr die Qual zu ersparen, und fühlte doch, daß sie gegen Herrn Försters Eigensinn hilflos war. Seine Eifersucht war offenbar wach geworden, wie sollte man von ihm verlangen, daß er Rücksichten zeigen sollte gegen Kittys

Liebeserinnerungen. Es hieße seine Grausamkeit reizen, nur daran zu rühren.

Anna Marie konnte nicht helfen – sie konnte nur die Hände ringen und schluchzen.

* * *

Die Tafel ist gedeckt. Mit einer Art Andacht blickt Bernhard, der alte Kammerdiener, auf die geschmackvolle Ausstattung derselben nieder; der lange Tisch ist in ein Blumenbeet verwandelt, aus dem die flachen, mit wundervollem Obst besetzten silbernen Schüsseln hervorglänzen. Es steht weniger Silber auf dem Tisch als zu Herrn Försters Junggesellenzeit, und das wenige ist anderer Art.

Rosa Wachskerzen in schweren silbernen Armleuchtern, jede Kerze mit einem kleinen Lichtschirm versehen, werfen ihr liebkosendes Geflimmer über die Blumen und Schüsseln, über die Reihen von scharf geschliffenen Krystallgläsern, über die goldverschnörkelten, mit Blumensträußen bemalten Teller. Kitty selbst hat das Decken der Tafel überwacht. Es ist seltsam genug, daß sie, für welche die ganze Welt momentan in Trümmern liegt, sie, die keinen Atemzug schöpfen kann, ohne Schmerz zu empfinden, noch darauf hält, daß der Tisch in ihrem Hause ordentlich aussehen möge.

Jetzt steht sie mit Anna Marie in der Halle und stellt ihr die soeben eingetretenen Offiziere vor – sieben an der Zahl – ein Oberst, ein Oberstleutnant, zwei Majore, ein Hauptmann, zwei Lieutenants; der Oberst blond, schön, ritterlich (der Prinzessinnentänzer heißt er unter seinen Kameraden), französischer Abstammung, leichtblütig, gutmütig, nicht ohne Anlage zu phantastischen Übertreibungen, immer beflissen, sich populär zu machen, unglücklich, wenn sich unter den Anwesenden ein einziges Geschöpf, und sei's auch nur ein Hund, befindet, dessen Gunst er sich noch nicht zu erwerben vermocht hat; – der Oberstleutenant, ein Bürgerlicher im Gegensatz zu seinem aristokratischen Obersten, nicht ganz zufrieden damit und mit Vorliebe von den Familienpapieren erzählend, die vor drei Generationen bei der Belagerung von Danzig verloren gegangen sind, im übrigen von allem läppischen Strebertum frei, ungemein schneidig, sehr beliebt trotz seiner burschikosen Manieren, gutmütig wie ein Kind, lebenslustig, dienstcifrig, ehrgeizig; – der erste Major, ein echter pommerscher Junker aus sehr gutem Hause, mit dem weißen Malteserkreuz um den Hals, starken markigen Zügen, kleinen, nüchtern und scharf in das Leben hineinblinzelnden Äuglein und vollen Lippen unter einem kurzgestutzten grauen Schnurrbart, äußerlich verbindlich gegen einen jeden, von einem Frankfurter bis zu einem Hottentotten, innerlich fest von der absoluten Superiorität des preußischen Junkertums dem Rest des Weltalls gegenüber überzeugt, aber unbeugsam, pflichttreu, verläßlich, ehrentüchtig durch Erziehung, Standeshochmut und ererbte Naturanlage, nicht unanregend in der Konversation, wenn man ihn nämlich auf sein Lieblingsthema zu bringen weiß, d. i. die langsame und stetige Entwickelung von Preußens Größe, und allezeit bereit, darüber einen kleinen historischen Vortrag zu halten; – der zweite Major, ein geborener Levantiner, der nur durch Zufall in die preußische Armee hineingeraten zu sein scheint und der mit seiner fatalistischen Gleichgültigkeit und seinen ironisch die Wichtigkeit des Lebens verspöttelnden großen, traurigen Augen in seltsamem Gegensatz zu der Strammheit der anderen drei Herren steht, die den Dienst und das Leben so ernst nehmen; – der Hauptmann gedrückt wegen zu langsamen Avancements, die Lieutenants jung, heiter und sehr mager.

Kitty hat für jeden von ihnen ein freundliches Wort; Förster, welcher unterdessen eingetreten ist, beobachtet sie genau.

Sie steht noch im Begriff, Anna Marie die Namen der Herren zu nennen, als es von dem ersten Treppenabsatz in die Halle heruntertönt:

A–ach, wie freuen wir uns,
Da–aß zum Feste hier
U–uns so froh vereint
Dieser Jubeltag!

Kitty hebt die Augen – es ist ein Stück achtzehntes Jahrhundert, das dort auf der Treppe steht. Man hat die Rumpelkammer ausgeplündert, um sich zu kostümieren, alle sind kostümiert, die Damen frisiert und gepudert, die Herren – Herr von Manz und der Hofmeister – in weißseidenen Strümpfen, in Atlaskniehosen und gestickten Röcken und Westen, Herr Wißmuth, der in Ulmenhof natürlich nur ohne seine Frau empfangen wird, hat seine gewöhnliche Tracht anbehalten und steht, energisch dirigierend, mitten unter dem phantastischen Häuflein. »Leise, sehr leise«, hat er von ihnen verlangt –

Ach, wie freuen wir uns,
Daß zum Feste hier
Uns so froh vereint
Dieser Jubeltag.

Es ist wie ein Reigen von Gespenstern, die sich ungebeten an ein Menschenfest herandrängen.

Die Offiziere applaudieren frenetisch, da die Sänger jetzt die Treppe herabtänzeln. Kitty hält die Hände auf eine Stuhllehne gestützt.

»Was hat unsere schöne Hausfrau nur heute?« fragt der Oberstleutnant den türkischen Major. »Haben Sie je solche Augen gesehen?«

»Ja, einmal zum Schluß einer Parforcejagd bei einem Hirsch, als er, von den Hunden müdgehetzt, zusammenbrach. Ich habe seit der Zeit nie mehr eine Parforcejagd mitreiten wollen. Brr! Das Nachlaufen ist lustig genug – aber das Einholen ist ein gruseliges Vergnügen!« Der Major ist ein nervöser weichlicher Mensch, obgleich er sich tapfer geschlagen hat.

Der Kammerdiener meldet, daß angerichtet ist. Herr Förster hat Frau von Manz seinen Arm geboten, Kitty beschließt mit dem Obersten den Zug. Natürlich sitzen Kitty und der Hausherr einander gegenüber in der Mitte der beiden langen Seiten des Tisches.

»Welch wundervolle Blumen!« sagt der Oberst.

Frau von Manz bemerkt über den Tisch hinüber: »Ich laß meine Tafel immer kahl, mich erinnere diese Blumebeete unter Wachskerzeschimmer an eine Katafalk. Mir verdirbt's jedesmal de Appetit!«

»Ich habe, Gott sei Dank, keine so schwachen Nerven«, wirft Fräulein von Mühlhausen ein, deren energische Unausstehlichkeit ihr immer einen guten Platz an der Tafel sichert, sie sitzt an der rechten Seite des Obersten.

Anna Marie neben dem Oberstleutnant, dessen Platz links von Kitty ist.

Die Mühlhausen setzt alles daran, den Obersten gänzlich zu monopolisieren, sie hat so viel mehr Verständnis für das Militär als Kitty. »Haben Sie die Schlacht von Sedan mitgemacht, Herr von Delormes?« fragt sie den Obersten.

»Ja, gnädiges Fräulein, alle vier waren wir mit dabei, der Oberstleutnant, meine beiden Majore und ich.«

»Ach, wie ich Sie beneide!« schwärmt das Fräulein.

»Schade, daß das Vaterland momentan für eine Jeanne d'Arc keine Verwendung hat!« bemerkt der an der rechten Seite der Mühlhausen sitzende türkische Major mit seiner schläfrigen Ironie, »da könnten Sie sofort einspringen, gnädiges Fräulein!«

»Die Trommel gerührt, das Pfeifchen gespielet«, summt Fräulein von Mühlhausen unternehmend vor sich hin.

»O hätt ich ein Wämslein und Hosen und Hut!« flüstert leise der ironische Türk, und die Mühlhausen wiederholt, den Kopf hin und her wiegend, mit nur mühsam an sich gehaltener Begeisterung: »O hätt ich ein Wämslein und Hosen und Hut.«

»Denken Sie sich Fräulein von Mühlhausen als Füsilier«, flüstert Herr von Manz Frau Stutzmann zu. Beide lachen.

»Nun, vielleicht haben Sie noch binnen kurzem Gelegenheit, Ihrer Kriegslust Rechenschaft zu tragen, gnädiges Fräulein«, sagt der Oberstlieutenant; »es türmen sich wieder sehr böse Wolken am politischen Horizont.«

»Entsetzlich!« ruft Frau Stutzmann aus, »ich habe zwei Söhne bei den Husaren.«

»Wie kann man so kleinlich sein!« entrüstet sich Fräulein von Mühlhausen.

»Sie erfreuen sich offenbar starker Nerven, gnädiges Fräulein«, sagt der türkische Major, »allen Respekt!«

»Der Krieg ist immer eine Barbarei«, bemerkt Emma Becker. Sie fängt an, sehr weise zu werden aus Verzweiflung, wie die meisten Damen, wenn ihre Schönheit auf der Neige ist.

»Der Gedanke an die vielen geopferten Menschenleben ist gräßlich. Für die Angehörigen der Kämpfenden muß so ein Feldzug allerdings qualvoll sein. Doch stumpft sich auch die Angst ab mit der Zeit.«

»Das ist sehr individuell«, wirft der Oberst lebhaft ein. »Meine Frau versicherte mir, die Todesangst sei für sie, ein paar vorübergehende Fluktuationen abgerechnet, vom ersten bis zum letzten Augenblick dieselbe gewesen!«

»Die Arme!« ruft Kitty, sich zum erstenmal lebhaft in das Gespräch hineinmischend, aus, »ich würde mich sehr freuen, Frau von Delormes kennen zu lernen.«

»Meine Frau ist tot«, erwidert der Oberst.

»Tot!« wiederholt Kitty.

»Ja! vierzehn Tage nach meiner Heimkehr aus dem Feldzug ist sie gestorben; ein akutes Nervenfieber hat sie dahingerafft. Der Arzt sagte mir, ihr Nervensystem sei einfach verbraucht gewesen von den Aufregungen des Kriegsjahres.«

Bei diesen Worten heftet der Oberst die Augen auf Fräulein von Mühlhausen. Diese aber wirft ihren gepuderten Kopf – sie ist als Werthers Lotte kostümiert – unternehmend in den Nacken und sagt: »Sie war eben keine echte Soldatenfrau!«

Der Oberst beugt sich über seinen Teller – kein Mensch findet auf diesen verblüffenden Ausspruch eine Erwiderung.

»Haben Sie je einen Angehörigen im Felde gehabt?« fragt der Oberst nach einem Weilchen.

»Zwei Vettern und drei Onkel auf einmal«, versichert die Mühlhausen überlegen, »meine Familie hat immer massenhaft in der Armee gedient.«

»Nun, dann müssen Ihre zwei Vettern und drei Onkel Ihrem Herzen nicht sehr nahe gestanden sein«, entscheidet der Oberst trocken.

»Sie begreifen meinen Standpunkt nicht«, erklärt die Mühlhausen und blickt auf den Obersten herunter wie von einem Turm. »Ich wüßte niemanden, der mir in meinem Leben näher gestanden wäre als Hans von Altenried; als das Vaterland jedoch das Opfer seines Lebens forderte, grollte ich nicht. Das muß man so mitnehmen!«

»Hm! ich hätte wirklich große Lust, einmal Gelegenheit zu haben, Sie im Kugelregen zu beobachten«, bemerkt der türkische Major.

»Ich würde mich tapfer behaupten, davon können Sie überzeugt sein«, renommiert die Mühlhausen. »Das immer mehr überhand nehmende empfindsame Entsetzen vor dem Krieg, welches die moderne Gesellschaft auszeichnet, kenne ich einfach nicht. Ich für mein Teil hätte lieber sieben Kugeln im Leib als die Sticheleien einer Freundin nach einem Cotillontriumph. Lieber einen Feldzug als eine Ballsaison! Ich kann mir nichts Schöneres denken, als so vorwärts zu stürmen mitten im Kugelregen und Siegesjubel!«

Die Blicke der sämtlichen anwesenden Männer richten sich jetzt auf die dürre verkümmerte Figur der kriegslustigen alten Jungfer. Um die kleinen, runden Augen des breitschulterigen Junker Majors (von Teufelsegg heißt er) zuckt es spöttisch, und seine starken Lippen nehmen einen strengen Ausdruck an, indem er sagt: »Nur gemach, gnädiges Fräulein! Gegen das Vorwärtsstürmen im Krieg hab ich nichts. Wenn einmal der erste Moment vorüber ist, hat's was für sich. 's ist das Umsehen, das mir unbehaglich ist. Es ist nicht der Tag der Schlacht, an den ich mich ungern erinnere, aber der Tag, der darauf folgt!«

»Da haben Sie recht, Teufelsegg«, bekräftigt der Oberstlieutenant. »Wenn ich so an ein paar Episoden nach Sedan gedenke, so ... besonders die eine Geschichte ...!« Er schüttelt sich ein wenig!

»Welche Geschichte?« fragt plötzlich Kitty mit harter herrischer Stimme.

»Ich hatte einen Kameraden fallen sehen neben mir, meinen besten Freund. Gott! ist mir's damals quer durchs Herz gegangen, daß ich mich nicht einmal neben ihm habe aufhalten können, um ihm beizustehen!« Er hält inne, blickt sich verlegen um, macht sich offenbar Vorwürfe darüber, bei dieser festlichen Gelegenheit seiner Umgebung mit einem traurigen Eindruck zur Last zu fallen.

»Nun?« fragt Kitty über die Blumen hinüber.

Der Oberstlieutenant berichtet weiter: »Es ließ mir keine Ruhe, noch an demselben Abend erkundigte ich mich nach ihm, suchte ihn. Ich kam in eine erbärmliche Hütte, die mit Verwundeten vollgepfropft war. Ersparen Sie mir die Beschreibung, ich werde krank, wenn ich der Stickluft gedenke. Zu achten lagen sie da nebeneinander auf dem Stroh; zwei Leichen mitten unter den anderen. Ich trachtete natürlich unseren tapferen Märtyrern, so gut ich's vermochte, beizustehen. In einer Ecke lag einer, welcher meine besondere Teilnahme erweckte. Ein schöner blonder Mensch war's, groß, schlank, und mit einem sehr vornehmen Gesicht, kaum in der Mitte der zwanzig. Er war gräßlich zugerichtet, der rechte Arm knapp an der Schulter abgerissen, der Körper zerschossen. Es gewährte mir Trost, zu sehen, daß er bereits im Hinüberziehen war. Zugleich merkte ich an der Art, wie er mit den Schultern arbeitete und den Kopf zu heben versuchte, daß ihn noch eine letzte Unruhe quälte. Dann riß er mit der Linken an sich herum, konnte aber nichts mehr fest anfassen. Ich beugte mich zu ihm und zog ein kleines Medaillon aus seiner Brust. Armer Narr! aufmachen konnte er's nicht mehr. Ich öffnete es für ihn und hielt's ihm unter die Augen. Ob er es noch deutlich hat sehen können, weiß ich nicht, aber den Blick hat er darauf geheftet. Dann hat er danach gegriffen, die Hand folgte nicht mehr, er tastete daneben. Endlich mühsam brachte er's bis an seine Lippen. Dann wendete er den Kopf von mir ab gegen die Wand, seufzte ein einziges Mal, aber so, wie ich's nie vergessen werde. Ein paar Minuten darauf war's mit ihm vorbei. Das Weiterleben war ihm unter den Umständen nicht zu wünschen. In die Heimat zurückkehren und seine Braut nicht einmal in die Arme schließen können, muß gräßlich sein!«

»War die Braut hübsch?« fragt Emma Becker neugierig.

»Entzückend!« versichert ihr der Oberstleutnant mit Begeisterung. »Ich habe nie etwas Hübscheres gesehen. Ein Kindergesichtchen mit großen zärtlichen Augen, die Haare in langen Locken um die Schultern, mit einem breiten Band zurückgebunden, das oberhalb der Stirn in eine Schleife verknüpft war; allerliebst – und sehr jung, die Verlobung konnte auch nicht weit zurückdatieren, denn auf dem Medaillon waren die Worte eingraviert: Zur Erinnerung an den 5. Mai 1870.«

»Der fünfte Mai – komisch, das ist ja der Tag deiner Hauseinweihung, Förster«, bemerkt humoristisch und unbefangen Herr Wißmuth. »Erinnerst du dich nicht mehr an das erste Fest, das du uns in Ulmenhof gegeben hast?«

Aber Herr Förster tut nichts dergleichen, er erhebt sich und bringt einen Toast aus auf den Kaiser und die Armee.

* * *

Es werden sehr viele Toaste ausgebracht und sehr viele Champagnergläser geleert.

Immer schwüler wird der Duft der Blumen, die Gläser klingen hell durcheinander, hell und schrill.

Sobald die Tafel aufgehoben ist, sieht sich Anna Marie nach Kitty um. Wenn sie erwartet, etwas Vergrämtes, Blasses zu sehen, so irrt sie sich. Auf ihren Wangen sind die Röslein erblüht, und in ihren sonst so starren, dunklen Augen schimmert ein zärtlicher Glanz.

»Kitty!« flüstert Anna Marie, indem sie den Arm um sie legt. Recht zu finden, was Kitty getan hat, dazu vermag sie sich auch heute nicht zu bringen, aber böse sein kann sie ihr nicht mehr. Kitty schmiegt sich an sie wie in der alten Zeit. »Meine Anna!« murmelt sie und drückt die Hand der Freundin an ihre Lippen.

»Sie wollen tanzen, ich soll ihnen aufspielen dazu«, flüstert Anna Marie, »ist dir's nicht unangenehm?«

»Ach nein, spiel nur, die alten Walzer spiel, ich höre sie noch manchmal im Traum!« murmelt Kitty. »Spiel nur!« Dann küßt sie Anna Marie und flüstert: »Sei mir nicht bös!« und Anna Marie drückt sie an sich.

Jetzt tanzen sie alle zu schmachtend leichtsinnigen Walzern von Strauß, die Anna Marie ihnen spielt, unermüdlich mit dem verteufelten Rhythmus, der jedem richtigen Österreicher im Blute steckt. Kitty tanzt nicht, ihr Herzleiden enthebt sie dieser Verpflichtung.

Etwas vereinsamt sitzt sie in einem Winkel der großen Halle und hört zu. Es sind dieselben Walzer, die Anna Marie vor zehn Jahren gespielt hat, in dieser selben Halle, sie kann keine neuen, die »Geschichten aus dem Wiener Wald« sind's und die »Dorfschwalben«, und andere altmodische Tanzweisen, bei denen sich eine selige Schwermut mitten in den wirbelnden Reigen der leichtsinnigen Walzermelodie mischt.

So sieht sie Anna Marie sitzen, wenn sie von ihrer gutmütigen und geräuschvollen Beschäftigung aufblickt. Sie fragt sich, was in ihr vorgeht.

Nach einer Weile steht Kitty auf und blickt hinaus. Am Himmel flimmert Stern an Stern über den schwarzen Bäumen, aus dem Boden dringt ein süßer, weicher Hauch, 's ist wie ein Frühlingshauch mit Veilchenduft geschwängert – der Atem der langsam hereinbrechenden Verwesung ist's. Kitty wird sich nicht klar darüber, der süße Hauch mischt sich in ihre Träume und ihre Träume tragen sie in den Frühling zurück. Wie das alles aus ihrer Seele auftaucht, jedes Wort, jeder Blick, jeder Kuß! Und heute ist es zehn Jahre her, daß er zum letztenmal an sie gedacht hat! Durch ihre Adern schleicht sich eine Sehnsucht nach dem Frühling ihres Lebens, nach ihm, nach dem, was hätte sein können. Immer neue Bilder tauchen in ihr auf voll lockender Schönheit, ein wahnsinniges Verlangen rüttelt an ihrem Herzen. Ach, ihn noch einmal sehen, noch einmal in den Armen halten und dann sterben! Sie denkt an den törichten Gespensterglauben, der mit Ulmenhof zusammenhängt. Es zittert ihr in allen Fibern. Wenn es möglich wäre!

Tiefer, immer tiefer geht sie in den Park hinein, der schwermütige Leichtsinn der Tanzmusik klingt schwächer in das Rauschen der großartigen, kantig verstutzten Lindenkronen.

* *
  *

»Was sagen Sie denn zu der Episode während des Soupers?« fragt Frau Stutzmann ihren jungen Vetter Manz in den Pausen eines Walzers.

»Ich verstand nicht ganz, aber ich denke, es handelte sich um Altenried«, meint Herr von Manz. »Zum Glück hat Frau Förster die Sache noch gut aufgenommen.«

»Der Oberstleutnant hat mich heut übertroffe; was, Willy?« meint Frau von Manz, an ihren Sohn herantretend. »Ihr sprecht doch von der Geschichte mit dem Medaillon?«

»Ja.«

»Es war schauerlich«, meint Frau Stutzmann, »besonders wenn man bedenkt, daß die arme Förster im höchsten Grade herzleidend ist, von einem Augenblick zum anderen kann's aus sein mit ihr.«

»Ich hab meine Sterne gedankt, daß alles noch so gut abgelaufe ist«, sagt Frau von Manz. »Nein, wenn etwas passiert wäre bei Tisch! Schrecklicher Gedanke! Ich hätt mich nie davon erholt!«

Mit einemmal zieht Anna Marie die Hände vom Klavier, wendet den Kopf und horcht … Was ist das? … Tram-tam … erst klingt's dumpf und unheimlich, wie ferner Hagel, der noch in den Wolken steckt, dann wird der Schall rhythmischer, deutlicher – tram – tam, tram – tam … Wie oft hat Anna Marie diesen Laut gehört im Morgengrauen oder bei hellem Sonnenschein. Die Schritte eines heranmarschierenden Regiments.

Der alte Kammerdiener öffnet die auf den Park hinausmündenden Flügeltüren der Halle weit und teilt den Herrschaften mit, daß das Feuerwerk beginnen werde.

Sie eilen alle hinaus, die Damen und die Herren, in den Park, in dem bereits die ganze Einwohnerschaft der Umgebung des zu erhoffenden Schauspiels harrend versammelt steht. Man sieht sie, ein groteskes Gedränge von dummstarrenden, grobklotzigen Gesichtern, über das ein verzerrender, gelbroter Lichtschein zuckt. Ksch! … eine Rakete schwirrt zum Himmel hinauf – noch eine.

Die Militärmusik schmettert einen grellen Marsch dazu. Eine Beängstigung, deren sie nicht Herr werden kann, hat sich Anna Maries bemächtigt. Wo ist Kitty? Sie eilt in Kittys Zimmer – nichts. In das Zimmer der Kinder eilt sie. Die Kinder sind alle aus ihren Betten herausgekrochen und starren, eilig von der Kinderfrau in warme Hüllen verpackt, aus dem Fenster, um das Feuerwerk zu sehen. Aber von der Tante Kitty wissen sie nichts, die Tante war den ganzen Abend nicht bei ihnen, »nicht einmal, um uns gute Nacht zu sagen und Bonbons zu bringen«, beklagt sich der kleine Hans.

Ksch ... Immer noch sprühen die Raketen, immer noch schmettert die Musik.

Anna Marie eilt hinunter. Es ist ja gräßlich – das kann Kitty nicht aushalten, sagt sie sich. Wenn sie ihrer nur habhaft werden könnte, um Kittys Kopf in ihren Schoß zu bergen, damit sie diesen schrecklichen Lärm nicht hört!

In der Halle begegnet sie Herrn Förster, ungeduldig herumstampfend mit einem sehr finsteren Gesicht. »Ist Kitty oben, versteckt sie sich?« fährt er Anna Marie an.

»Sie ist nicht oben, ich suchte sie vergebens.«

»Aber sie muß doch erscheinen, um den Obersten zu beglückwünschen zum Schluß des Feuerwerks!« ruft Förster. »Wo könnte sie sein?«

Plötzlich zuckt's auf in Anna Marie. Mein Gott! – ja dort ... Tief eilt sie in den Schatten hinein, von Zeit zu Zeit durchflammt ihn das Licht einer aufstrebenden Feuergarbe.

Weiter ... weiter ...

Ein lauter Schrei, ein Schrei jubelnder Volksbewunderung tönt durch den Park, ein schrill durcheinander klingendes Ah – ah in allen Tonarten.

Da – was ist das ...

Mitten in dem Lärm hört Anna Marie etwas wie das Aufrauschen einer geknickten Blüte, die zu Boden fällt. Noch ein paar Schritte macht sie – dann –

Dort neben der steinernen Gartenbank, wo sich die Delphine in dem versiegten Bassin herumkrümmen im Sand, halb an den Sitz der Bank gelehnt, liegt etwas Weißes.

Kitty!

Anna Marie beugt sich über sie.

»Großer Gott! Kitty, was ist dir?« ruft sie. Aber Kitty antwortet nicht.

Anna Marie versucht sie aufzurichten; wie schwer und steif sie ist.

Immer lauter, schriller wird das Geschrei der Menge. Der ganze Park erschauert von Jubelrufen.

Da hebt Kitty mühsam den Kopf – blickt auf –

Dort zwischen den Sternen steht es in Flammenschrift, ein kurzes, großmächtiges Wort:

Sedan!

»Sedan!« murmelt Kitty kaum hörbar, zuckt zusammen, ringt nach Atem, ihr Kopf sinkt auf Anna Maries Knie, schwer, leblos.

»Sedan!« schreit die Menge hundertstimmig. »Sedan, Sedan! Vivat hoch!« und die Kapelle spielt:

Heil dir im Siegerkranz!

Die Wiederbelebungsversuche blieben vergeblich. Als der Arzt kam, sagte er, man möge sich nicht mehr mit der Leiche herumquälen, alle Mühe und Sorge sei umsonst.

Anna Marie wachte neben der Toten, die ihr altes liebes Kindergesicht zurückgewonnen hatte und mit kalten Lippen lächelte.

Der Arzt hatte dem Todesanlaß Kittys einen gelehrten, griechisch klingenden Namen gegeben; in der ganzen Umgebung aber hieß es, daß Hans von Altenried der jungen Frau erschienen war, um ihr das Todesurteil zu künden.

Fräulein von Mühlhausen setzte ihre ganze Dialektik daran, dieses Gerücht zu widerlegen, Frau von Manz schenkte ihm jedoch unbedingten Glauben.

»Ich hab's Ihne ja immer gesagt«, behauptete sie, »die Alterieds dulde's nit, daß ein Fremder ihre Besitz entweiht.«

Nach dem Begräbnis Kittys hatte Herr Förster mit Anna Marie eine lange Unterredung, von der er mit rotgeweinten Augen zurückkehrte.

Er bestand darauf, für die drei Lieblinge Kittys sorgen zu dürfen, als ob Kitty noch am Leben wäre.

Die beiden Jungen wurden in einer Kadettenschule untergebracht, das Mädchen nahm Anna Marie zu sich.

Der Ulmenhof steht leer.

Man spricht davon, das schöne, alte Schloß einem wohltätigen Zweck zu widmen.

Dekadente Erzählungen

Im kulturellen Verfall des Fin de siècle wendet sich die Dekadenz ab von der Natur und dem realen Leben, hin zu raffinierten ästhetischen Empfindungen zwischen ausschweifender Lebenslust und fatalem Überdruss. Gegen Moral und Bürgertum frönt sie mit überfeinen Sinnen einem subtilen Schönheitskult, der die Kunst nichts anderem als ihr selbst verpflichtet sieht.

Rainer Maria Rilke Die Aufzeichnungen des Malte Laurids Brigge **Joris-Karl Huysmans** Gegen den Strich **Hermann Bahr** Die gute Schule **Hugo von Hofmannsthal** Das Märchen der 672. Nacht **Rainer Maria Rilke** Die Weise von Liebe und Tod des Cornets Christoph Rilke

ISBN 978-3-8430-1881-4, 412 Seiten, 29,80 €

Erzählungen aus dem Sturm und Drang

Zwischen 1765 und 1785 geht ein Ruck durch die deutsche Literatur. Sehr junge Autoren lehnen sich auf gegen den belehrenden Charakter der - die damalige Geisteskultur beherrschenden - Aufklärung. Mit Fantasie und Gemütskraft stürmen und drängen sie gegen die Moralvorstellungen des Feudalsystems, setzen Gefühl vor Verstand und fordern die Selbstständigkeit des Originalgenies.

Jakob Michael Reinhold Lenz Zerbin oder Die neuere Philosophie **Johann Karl Wezel** Silvans Bibliothek oder die gelehrten Abenteuer **Karl Philipp Moritz** Andreas Hartknopf. Eine Allegorie **Friedrich Schiller** Der Geisterseher **Johann Wolfgang Goethe** Die Leiden des jungen Werther **Friedrich Maximilian Klinger** Fausts Leben, Taten und Höllenfahrt

ISBN 978-3-8430-1882-1, 476 Seiten, 29,80 €

Erzählungen aus dem Sturm und Drang II

Johann Karl Wezel Kakerlak oder die Geschichte eines Rosenkreuzers **Gottfried August Bürger** Münchhausen **Friedrich Schiller** Der Verbrecher aus verlorener Ehre **Karl Philipp Moritz** Andreas Hartknopfs Predigerjahre **Jakob Michael Reinhold Lenz** Der Waldbruder **Friedrich Maximilian Klinger** Geschichte eines Teutschen der neusten Zeit

ISBN 978-3-8430-1883-8, 436 Seiten, 29,80 €

Erzählungen der Frühromantik

1799 schreibt Novalis seinen Heinrich von Ofterdingen und schafft mit der blauen Blume, nach der der Jüngling sich sehnt, das Symbol einer der wirkungsmächtigsten Epochen unseres Kulturkreises. Ricarda Huch wird dazu viel später bemerken: »Die blaue Blume ist aber das, was jeder sucht, ohne es selbst zu wissen, nenne man es nun Gott, Ewigkeit oder Liebe.«

Tieck Peter Lebrecht **Günderrode** Geschichte eines Braminen **Novalis** Heinrich von Ofterdingen **Schlegel** Lucinde **Jean Paul** Des Luftschiffers Giannozzo Seebuch **Novalis** Die Lehrlinge zu Sais
ISBN 978-3-8430-1878-4, 416 Seiten, 29,80 €

Erzählungen der Hochromantik

Zwischen 1804 und 1815 ist Heidelberg das intellektuelle Zentrum einer Bewegung, die sich von dort aus in der Welt verbreitet. Individuelles Erleben von Idylle und Harmonie, die Innerlichkeit der Seele sind die zentralen Themen der Hochromantik als Gegenbewegung zur von der Antike inspirierten Klassik und der vernunftgetriebenen Aufklärung.

Chamisso Adelberts Fabel **Jean Paul** Des Feldpredigers Schmelzle Reise nach Flätz **Brentano** Aus der Chronika eines fahrenden Schülers **Motte Fouqué** Undine **Arnim** Isabella von Ägypten **Chamisso** Peter Schlemihls wundersame Geschichte **Hoffmann** Der Sandmann **Hoffmann** Der goldne Topf
ISBN 978-3-8430-1879-1, 408 Seiten, 29,80 €

Erzählungen der Spätromantik

Im nach dem Wiener Kongress neugeordneten Europa entsteht seit 1815 große Literatur der Sehnsucht und der Melancholie. Die Schattenseiten der menschlichen Seele, Leidenschaft und die Hinwendung zum Religiösen sind die Themen der Spätromantik.

Brentano Die drei Nüsse **Brentano** Geschichte vom braven Kasperl und dem schönen Annerl **Hoffmann** Das steinerne Herz **Eichendorff** Das Marmorbild **Arnim** Die Majoratsherren **Hoffmann** Das Fräulein von Scuderi **Tieck** Die Gemälde **Hauff** Phantasien im Bremer Ratskeller **Hauff** Jud Süss **Eichendorff** Viel Lärmen um Nichts **Eichendorff** Die Glücksritter
ISBN 978-3-8430-1880-7, 440 Seiten, 29,80 €

Erzählungen aus dem Biedermeier

Biedermeier - das klingt in heutigen Ohren nach langweiligem Spießertum, nach geschmacklosen rosa Teetässchen in Wohnzimmern, die aussehen wie Puppenstuben und in denen es irgendwie nach »Omma« riecht.

Zu Recht. Aber nicht nur.

Biedermeier ist auch die Zeit einer zarten Literatur der Flucht ins Idyll, des Rückzuges ins private Glück und der Tugenden. Die Menschen im Europa nach Napoleon hatten die Nase voll von großen neuen Ideen, das aufstrebende Bürgertum forderte und entwickelte eine eigene Kunst und Kultur für sich, die unabhängig von feudaler Großmannssucht bestehen sollte.

Georg Büchner Lenz **Karl Gutzkow** Wally, die Zweiflerin **Annette von Droste-Hülshoff** Die Judenbuche **Friedrich Hebbel** Matteo **Jeremias Gotthelf** Elsi, die seltsame Magd **Georg Weerth** Fragment eines Romans **Franz Grillparzer** Der arme Spielmann **Eduard Mörike** Mozart auf der Reise nach Prag **Berthold Auerbach** Der Viereckig oder die amerikanische Kiste

ISBN 978-3-8430-1884-5, 444 Seiten, 29,80 €

Erzählungen aus dem Biedermeier II

Annette von Droste-Hülshoff Ledwina **Franz Grillparzer** Das Kloster bei Sendomir **Friedrich Hebbel** Schnock **Eduard Mörike** Der Schatz **Georg Weerth** Leben und Taten des berühmten Ritters Schnapphahnski **Jeremias Gotthelf** Das Erdbeerimareili **Berthold Auerbach** Lucifer

ISBN 978-3-8430-1885-2, 440 Seiten, 29,80 €

Erzählungen aus dem Biedermeier III

Eduard Mörike Lucie Gelmeroth **Annette von Droste-Hülshoff** Westfälische Schilderungen **Annette von Droste-Hülshoff** Bei uns zulande auf dem Lande **Berthold Auerbach** Brosi und Moni **Jeremias Gotthelf** Die schwarze Spinne **Friedrich Hebbel** Anna **Friedrich Hebbel** Die Kuh **Jeremias Gotthelf** Barthli der Korber **Berthold Auerbach** Barfüßele

ISBN 978-3-8430-1886-9, 452 Seiten, 29,80 €